Max Halder

Der Stubenvirtuose

Wie man Denken überleben kann

Originalausgabe

EINBUCH Buch- und Literaturverlag Leipzig
www.einbuch-verlag.de

EINBUCH Buch- und Literaturverlag Leipzig

printed in Germany
Umschlaggestaltung: Welle

ISBN 978–3–949234-28-6

www.einbuch-verlag.de

Für August

Kapitel 1 – Ausleuchten und Einleuchten

„Der Naturforscher ist der Mann des strukturierten Sichtbaren und der charakteristischen Benennung, er ist jedoch nicht der Mann des Lebens.“

M. Foucault in *Die Ordnung der Dinge*

Zeitverschwendung, da war er sich sicher. Das eigentliche Leben musste etwas anderes sein. Das eigentliche Leben musste sich berauschend, lebendig anfühlen. Das eigentliche Leben musste fließen, sich natürlich ergeben, dachte er. Das eigentliche Leben musste doch etwas mit dem zu tun haben, was in dieser grauen Glibbermasse zwischen seinen beiden Ohren abläuft, dachte er. Und so weit darf man den Anatomisten trauen: Grau und glibberig ist dieses Gebilde. Bei allem Weiteren muss man schon vorsichtig sein. Jedenfalls hatte er dazu Stimmen von Neurologen, Physiologen, Psychologen, Biochemikern, Epileptologen, Stereotaxologen, Endokrinologen, Glandologen und Pharmakologen gehört, um hier nur die Spitze des Eisbergs zu zeigen. Am Ende wusste er wieder gar nicht, wo ihm der Kopf stand. Fast schon ließ er sich von dem Gedanken hinreißen, es könnte sich bei der Flut an unterschiedlichen Standpunkten um eine systemisch angelegte Verschleierungstechnik handeln, die nur mehr darauf abzielt, Dinge unverständlicher zu machen.

Doch wollen wir nicht gleich zu Beginn ins Zynische abrutschen. Zumindest für den Moment wollte sich Aaron noch zusammenreißen. Wo ihm der Kopf stand – da war er stehen geblieben – das geschah Aaron im Übrigen häufiger, meistens dann, wenn er sich von irgendwie gearteten Raketen in die unendlichen Weiten des Geists katapultieren ließ.

Doch vorerst zurück zum Gehirn, denn es ist ja nicht so, dass die Glibbermasse danach nicht mehr an Ort und Stelle sein würde. Nein, würde er kurz nach dem Raketenflug einen Blick unter seine Schädeldecke werfen, würde alles beim Alten sein, da war er sich sicher. Vielleicht würde sich die Farbe geringfügig verändert haben, aufgrund der sich so unmissverständlich anfühlenden Explosionen – aber noch nicht einmal bei dieser nicht allzu schwer zu überprüfenden Hypothese gab es kaum mehr als zwar schöne, aber so doch nur von Computern generierte Bilder.

An dieser Stelle verspürte Aaron so denn die Regung, etwas konkreter zu werden, und so möge es ihm der Leser verzeihen, wenn er sich hier in aller Kürze einen der interessanteren Einschübe der Hirnforschung erlaubt: Erstens ist das Gehirn aus Milliarden und Abermilliarden von Gehirnzellen, die wir Neuronen nennen, aufgebaut. Auch wissen wir, dass unterschiedliche Hirnregionen für unterschiedliche Fähigkeiten verantwortlich sind. Und wir wissen, dass die Neuronen über ein Kabelsystem, genannt Axone, miteinander verbunden sind. Diese Verbindungen sind nicht statisch, das heißt: unveränderlich, sondern unterliegen einem dynamischen Auf- und Abbau. Doch außer ein paar Namen und Zahlen sowie deren Zusammenspiel wäre damit noch nichts gesagt. Überhaupt etwas zu sagen ist nicht die leichteste aller Aufgaben, dachte sich Aaron nun wieder. Was muss man denn überhaupt aufgeben, bei einer solchen Aufgabe, wunderte er sich weiter, die eigenen Pläne, oder sind die einzelnen Aufgaben nicht Teil des Plans, die Triebe und Exkurse, die einen abbringen von der Aufgabe, oder sind letztere nicht für sich schon wieder Aufgaben, die Affekte und Automatismen, die einem den Raum nehmen, um sich aufgeben zu können?

Um auf den interessanten Einschub zurückzukommen: Mit einer durchaus intelligent konstruierten Maschine, die ohne die paradoxe Theorie der Quantenmechanik in der praktischen Umsetzung gar nicht erst zu realisieren gewesen wäre und die die Neurowissenschaftler und Mediziner MRT nennen, sind in den letzten Jahren unzählige ´Aufnahmen´ ebendieser Glibbermasse entstanden. Natürlich lassen sich damit auch Gehirntumore und Schlaganfälle und Gehirngrößen bestimmen. Doch der interessante Teil betrifft die Sichtbarmachung der Gehirnaktivität, dachte Aaron bei sich, denn das ist es, was er mit seinem doch naiven Gedankenexperiment über die Verfärbung des Gehirns von diesen Wissenschaftlern sich zu erwarten versprach. Jedenfalls wurden Probanden gefunden, die unter dem Einfluss von Psilocybin in die Röhre gesteckt wurden. Zwar war es für die Initiatoren dieser Untersuchung keine Überraschung, doch wurde damit zum ersten Mal wissenschaftlich schlüssig nachgewiesen, dass Raketen wie Psilocybin eine bis dato nicht wissenschaftlich überprüfbare Gesamtaktivierung des Gehirns mit sich bringen. Und diese Aktivierung bedeutet in der komplizierten Sprache unserer verehrten Wissenschaftler so viel wie: Neuronen unterschiedlichster Gehirnregionen kommunizieren unter Ausschaltung des DMNs (=Default Mode Network) in ungeahnter Vielfalt und Geschwindigkeit, wobei das Netzwerk der Axone neuroplastische Veränderungen durchführt, was wiederum die Interkonnektivität in allen Hirnregionen verbessert.[1] Kurz gesagt: Das Gehirn ist besser vernetzt. Wo sich vorher einzelne Lichtlein in großen Abständen an der Küste befanden, fand man auf diesen Aufnahmen die gesamte Küste sowie das Festland dazwischen hell leuchten.

---

1 Wir bedanken uns an dieser Stelle besonders für die Arbeiten von Prof. Dr. Robin Carhart-Harris, der die Gehirnscans unter dem Einfluss von Psychedelika auf ein neues Level gehoben hat, und ganz allgemein für seinen progressiven, reflektierten und klugen Standpunkt zum Thema Drogen, den er nicht zuletzt bei TED-Talks auf YouTube einer breiten Öffentlichkeit darlegt (u.a.: „Psychedelics: Lifting the veil“). Sein Beitrag zu einer nottuenden Entstigmatisierung dieses Erfahrungsfeldes kann nicht hoch genug geschätzt werden. Dr. Robin Carhart-Harris ist *Head of the Centre for Psychedelic Research, Divison of Brain Sciences* an der Medizinischen Fakultät am *Imperial College* in London und Teil der Mind Foundation.

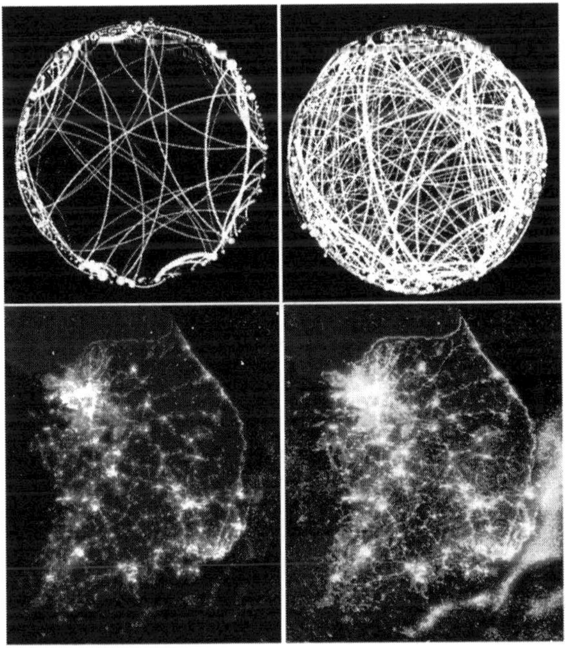

Abbildung 1: M. Halder, *Denk- und Beleuchtungsanalogie*. Oben: Neuronale Kommunikation eines menschlichen Gehirns mit (rechts) und ohne (links) den Einfluss von Psilocybin; adaptiert von Giovanni Petri (2014). Unten: Südkorea bei Nacht im Jahr 2012 (links) und 2022 (rechts). Ähnlich wie die Erde von außen betrachtet immer heller wird – hier am Beispiel von Südkorea innerhalb von 10 Jahren – könnte die Richtung eines breiter in der Gesellschaft verankerten Gebrauchs archaischer Heilmittel einen zunehmend erwachteren Gesellschaftszustand verheißen.

Aaron kam all das vertraut vor, er spürte es regelrecht in seinem Kopf, wenn Derartiges sich abspielt. Auch im Bauch nahm er es wahr. Von dort stieg ein Wohlgefühl, eine Wärme auf, die sich wie konzentrische Kreise in seinem Körper ausbreitete und ihn mit unverkennbarem Glück anfüllte. Er nannte das bei sich Im-Flow-Sein, ohne sich recht darüber im Klaren zu sein, dass die Daoisten und mit ihnen Laotse schon vor als gesichert geltenden zweieinhalbtausend Jahren auf dieser Beobachtung ein ganzes Glaubenssystem aufgebaut hatten. Nur ganz kurz am Rande ein kleiner Einschub aus der Historierei: Man muss naiv sein, wenn man glaubt den Ursprung einer solchen Tradition auf einer Linie wie der der linearen Zeit zu finden.

Doch war das bei Aaron nicht immer so gewesen, mit dem Flow, wie er sich erinnerte. Es bedurfte einer Menge Arbeit, um den vielen kleinen Regungen nachzuspüren, um mit den vielen subtilen Schwingungen zu interferieren, die einerseits von außen an ihn herangetragen wurden und andererseits aus seinen eigenen Tiefen aufzusteigen schienen. Aaron erinnerte sich auch an die vielen sprachlichen Verlegenheiten, die er in der Welt im Austausch mit anderen Menschen ablegen musste, bevor er überhaupt die sich so entwickelnde Sprache in seinem inneren Dialog als Trittbrett verwenden konnte, um sich so mühsamen Schrittes ins Unbekannte vorzukämpfen. Und welche Länder, Kontinente, Planeten ja Galaxien es dort gibt, fantasierte Aaron.

Es kam jedenfalls so, dass er auch an jenem Tag im Spätsommer wieder zu der Einsicht kam, dass das Leben in seiner eigentlichen Essenz ein Explorieren der äußeren und inneren

Welt ist, dass es ein Explorieren, ein Wahrnehmen, ein Räsonieren und schließlich ein Integrieren ist. So oder so ähnlich musste es sein. In jedem Fall musste es doch so einiges mit dem zu tun haben, was sich zwischen seinen Ohren abspielte. Vielleicht nahm er sich dabei auch schlicht etwas zu ernst, könnte man nun sagen. Aber wann sollte man das beurteilen? Jetzt? Oder Jetzt? Oder wenn Aaron 30, 40 oder erst 70 Jahre alt ist? Und ist dieser Ernst womöglich sogar die einzig verantwortbare Haltung, gewissermaßen die Haltung, die dem Spaß diametral gegenübergestellt ist? Oder ist es gar so, dass im Sich-Ernst-Nehmen der eigentliche Spaß liegt, nämlich der Spaß, der aus der eigenen Tiefe aufsteigt, und man am Ende sagen kann, dass nur derjenige, der sich ernst nimmt, auch derjenige ist, der eigentlichen Spaß empfinden kann? Anders gesagt: Was ist der Spaß, der von außen kommt, anderes als eine Reaktion auf einen Reiz, sprich ein simpler Affekt?

Darüber sann Aaron nach, während er am Ufer seiner geliebten Donau entlang flanierte, an welcher Scharen von jungen Menschen wie Perlen auf einer Kette in diesen goldenen Tagen zu sitzen pflegten. Menschen, die alle von sich behaupten würden, lebendig zu sein, und für die Aaron inständig hoffte, dass das auch so war, auch wenn ihn immer wieder Zweifel daran beschlichen. Doch dieser Regung wollte er vorerst nicht nachgehen, entschied er sich. Er begnügte sich mit dem Hinweis, dass das Leben, so verstanden, eine komplizierte Angelegenheit war, die zu begreifen ein gewaltiges und alles andere als triviales Unterfangen war, auch wenn man nicht selten genötigt wird, diese Ansicht – das Leben als triviales Unterfangen – oft bei seinen Artgenossen zu vermuten.

Kapitel 2 - Spielen und Sprechen

„Was nun andrerseits die Menschen gesellig macht, ist ihre Unfähigkeit, die Einsamkeit und in dieser sich selbst zu ertragen."

Arthur Schopenhauer in *Aphorismen zur Lebensweisheit*

Dann wurde Aaron aus seinen Gedanken herausgerissen. Ein gut gelaunter Angler mit Kescher und Kübel marschierte auf ihn zu. Oder jedenfalls erzählte er sich diese Geschichte, nachdem dieser aus heiterem Himmel vor ihm stand und ihn selbstsicher nach der Uhrzeit fragte. Aaron entgegnete: „Halb fünf", worauf sich der Angler selbstzufrieden und zielstrebig auf sein Fahrrad setzte. Wohin, wusste er wahrscheinlich selbst nicht so genau, jedenfalls erst mal weg von hier. Vielleicht versammeln sich die Donauforellen ja immer kurz nach halb fünf an der Fischtreppe, dachte er jetzt.

Wie ist er eigentlich schon wieder dort gelandet? Ach genau, allein sein, etwas anderes sehen, als nur die eigenen vier Wände. Aber bloß keine einstudierten mechanischen Gespräche. Bloß keine Menschen, die ihn bereits durch ihre Anwesenheit in eine Rolle zu drängen scheinen. Nur keine abgedroschenen Sprachspiele, bei welchen ihn oft das Gefühl beschlich, Opfer eines Übertragungsprozesses[2] zu werden – ein Platzhalter, nichts weiter als ein Platzhalter. Und am Ende müsse er sich dennoch damit auseinandersetzen, denn schließlich war Aaron der unerschütterlichen Ansicht, dass er nur dann alles zum Guten wenden könnte, wenn er alles, was ihm widerfährt, beantwortet und integriert, nur dann, wenn er sein Leben ernst nimmt. So als könnte er durch die Akzeptanz dieser Rolle vorleben, dass man auch diese vermeintliche Last tragen kann, für sich tragen kann, dass derjenige, der die Übertragung anstößt beim nächsten Mal darüber nachdenkt, ob er das wirklich zum Thema machen muss. Vielleicht war es das, was Aaron mit dem *guten Leben* meinte.

Oft hatte Aaron den Eindruck, in ein Gespräch verwickelt zu werden, ohne der eigentliche Adressat zu sein. Mit wem redet sie denn? Und aus welchem Grund? Meine Antwort auf dieses immer gleichklingende Raunen gab ich doch bereits dreiundachtzig Mal zum Besten; irgendwann musst du es doch hören; oder bin ich gar nicht da; redest du tatsächlich

---

2 Das Phänomen der Übertragung ist in der Psychotherapie, - analyse und - logie längst zum Klassiker geworden. Wir wollen hier vor allem die analytischen Betrachtungen von Carl Gustav Jung hervorheben, insbesondere hier sein Werk *Psychology of the Transference*. Seine dort vorgestellten Überlegungen bereichern uns seither und es vergeht kaum ein Tag unter Leuten, an dem er nicht Beobachtungen in der Welt damit verknüpfen kann.

mit jemand anderem; oder willst du es einfach nicht sehen; willst du einfach immer noch stillstehen; aber das kannst du dir doch unmöglich selbst glauben. Mit diesen Gedanken lief Aaron wie so oft seine Bahnen. Eigentlich waren es gar keine wirklichen Bahnen, es fühlte sich lediglich in Aarons innerer Welt an wie Bahnen, obgleich er von außen betrachtet noch immer auf jener Parkbank saß, auf der er noch vor wenigen Augenblicken dem Angler die sprechende Uhr spielte. Eine kurze, höflich distanzierte Rolle, die ihm aufgrund der schnellen Klimax der Erlösung oft die liebste ist. Klare Frage, klare Antwort. Kein Verzetteln, kein Verplappern droht in dieser dankbaren Rolle, und selbst wenn: Das kleine Schauspiel ist vorbei, bevor man es realisiert hätte, sich verzettelt zu haben. Oder genauer: Das unangenehme Bewusstwerden über ein mögliches Verzetteln setzt meistens erst dann ein, wenn der Duettpartner bereits von der Bühne verschwunden ist, die Schmach also unerkannt bleibt.

Mit dieser Erkenntnis begnügte er sich für den Moment. Ohnehin saß er schon wieder viel zu lange auf dieser Bank. Warum? Das wusste er auch nicht so genau. Auf der Bank zehn Meter weiter wechselten die Besetzer jedenfalls schon zum dritten Mal, seit er selbst zum Bankbesetzer wurde. Vielleicht wäre es auch höflich, den unzähligen Passanten gegenüber, die noch kommen würden, die Möglichkeit für eine Besetzung offenzulassen. Und schließlich musste der Angler ebenfalls weiter. Und der Angler wusste dem Anschein nach ebenso wenig warum, erinnerte sich Aaron nun wieder. Auf der anderen Seite hat er etwas zu trinken dabei, verdursten wird er also nicht. Und die Sonne scheint ihm gerade wohltuend auf seinen Pelz. Aber Hunger, ja Hunger wird er sicher bald wieder bekommen. Und das wusste Aaron glücklicherweise mal wieder mit Sicherheit: Essen muss man, sonst stirbt man. Und Leben wollte er. Außerdem schmeckt es ihm, das geben ihm jedenfalls seine Sinne immer wieder zu verstehen. Essen tut ihm gut, Essen verbindet ihn mit seiner Umwelt. Verbinden mit der Umwelt – ist es das, weswegen wir am Morgen aufstehen? Um der Passivität, dem Ausgesetzt-Sein, der schläfrigen Ohnmacht, den absurden Traumwelten und Tagträumereien zu entkommen? Ja, aktiv werden, um zu sehen, dass man durch Taten Spuren hinterlassen kann, und an den Spuren kann man dann erkennen, dass man wirklich da ist. So kann man sich beweisen, dass man da ist, dass man wirklich da ist, dachte sich Aaron jetzt.

Vielleicht veranlasste ihn dieser Gedanke dazu, vielleicht war es aber auch der Elan des seit Minuten herumflitzenden Hundes, der auf Aaron übersprang – jedenfalls war er wieder in Bewegung geraten. Und diesmal ging er auf seiner tatsächlichen Bahn, von der er annahm, dass sie auch von anderen gesehen werden könnte, selbst von einer Maschine wahrgenommen werden könnte. Von anderen wahrgenommen werden, von anderen beobachtbar sein – verkürzt würde man hier von Objektivität sprechen. Das ist übrigens eine Idee, die vor unserem Oberschlauheitsmeister Immanuel

Kant noch nicht existent war, wie ich mich unterrichten ließ.[3] Aber ist diese Objektivität in dieser Welt nicht das Wahrheitskriterium schlechthin? In dieser Welt? Also sagen wir einmal in der Milchstraße – in einer von Tausenden und Abertausenden Galaxien – und darin in unserem Sonnensystem – eines von was weiß ich wie vielen – und darin wiederum auf dem Planeten Erde – einer von acht oder neun Planeten, aber bitte nagelt mich hier nicht fest – und darauf wiederum auf einem kleinen Fliegenschiss von Landmasse. Wo genau, ist in größeren Kontexten irrelevant, auch wenn sich Aaron in der alten Bischofsmetropole pudelwohl fühlte. Man spricht, laut Bevölkerungstaxonomen, im Übrigen von einer Metropole, wenn eine Stadt mehr als 100.000 Einwohner hat, auch wenn dieser Begriff in Ratisbona seiner Meinung nach deplatziert war. Aber gut, sei es wie es war.

Überhaupt wurde Aaron schon lange nicht mehr nach dem Weg gefragt. Eigentlich ein Spiel, das ihm gut lag. Ähnlich aufgebaut wie das Uhrenspiel, doch durch den Variantenreichtum letzterem deutlich überlegen, oder jedenfalls interessanter. Vergessen darf man nicht, dass interessanter auch

---

[3] In einem Büro der Philsophischen Fakultät zu Regensburg zog das Buch mit dem Titel *Objectivity* unsere Aufmerksamkeit auf sich. Wie sich später zeigen sollte, eckten wir beim Nachdenken über Gott und die Welt immer wieder an diesem bemerkenswerten Denkmal der Gelehrsamkeit an. Das Maß an Verwunderung darüber und Bewunderung dafür ist bis zum heutigen Tag beachtenswert.

verfänglicher, ja riskanter bedeutet. Wobei man beim Wie-komme-ich-nach-so-und-so-Spiel noch nicht von einem riskanten Spiel sprechen kann. Doch auch dieses wenig riskante Spiel gerät im rationalen, technisierten Zeitalter zunehmend in Vergessenheit. Die Maschine weiß das.

Abbildung 2: M. Halder @ MidJourney, *Ludwig Wittgenstein playing chess.*

Na, wie dem auch sei. Er wurde schon lange nicht mehr nach dem Weg gefragt. Gerne schlug er geometrische Haken auf seiner geistigen Landkarte, um Passanten ihres leichten

Anflugs von Orientierungslosigkeit zu entledigen, wenn diesen der Akku versiegte oder das globale Positionierungssystem in den engen Gassen seinen Dienst aufgab. Das wollte Aaron nämlich unter allen Umständen vermeiden. Wo kämen wir denn da hin, wenn der heutige Mensch sich mit seiner Orientierungslosigkeit auseinandersetzen müsste? Das könnte unangenehm werden, dachte Aaron, das könnte unerhoffte Emotionen auslösen, dachte Aaron. Kognitive Dissonanz nennen das die Psychologen und die etwas neuere Spezies der bereits erwähnten Neurowissenschaftler. Und wenn dem Menschen eine kognitive Dissonanz widerfährt, ist das unangenehm, und dafür muss dann eben auch jemand anderes schuld sein – und überhaupt: Das Leben ist angenehm, das weiß doch jedes Kind. Und wenn dann Aaron in der Nähe wäre, dann müsste er schließlich auch damit rechnen, für die Unannehmlichkeiten des Passanten verantwortlich gemacht zu werden. Dann würde er erneut eine Art Platzhalter sein, nur diesmal der archetypische *Schwarze Peter*, auf den seit jeher all das projiziert wird, für das man selbst nicht geradestehen will. ′An was soll es denn auch sonst liegen?′, denkt sich der Passant im Stillen. ′An meinen fürstlichen Erwartungen, dass alles genau so laufen muss, wie ich mir das vorgestellt habe, wird es ja wohl kaum liegen!′

So oder so ähnlich musste dieser Mensch denken, dachte Aaron, jedenfalls wenn er überhaupt denkt. Vielleicht sollte sich jener Herr mit dem Gedanken anfreunden, dass für die meisten Dinge, die geschehen, womöglich niemand verantwortlich war und also auch niemand für schuldig erklärt werden kann.

An jenem sonnigen Samstag im Oktober des Jahres 2019 schien die Weltmaschinerie jedoch einwandfrei zu funktionieren. Die Kopfhörer steuerten Jogger, Displays Touristen, Zuckergeschäfte in Form von Eisdielen und Cafés steuerten all diejenigen, die nicht von Zigaretten und Bier gesteuert wurden, Geschäfte mit Sonderpreisschildern in Leuchtfarben all diejenigen, die eben Kostüme oder anderen Krempel nutzen, und schließlich steuerten Zweier-, Dreier- und Vielspänner – mal mechanisch, mal elektrisch, mal ausgerüstet mit dem eigentlich schon aus der Zeit gefallenen Verbrennungsmotor – Menschengruppen. Warum sie sich fernsteuern ließen? Um der explosiven Kraft ihrer Milliarden und Abermilliarden von Neuronen auszuweichen, denen zu Hause im Stillen auszuweichen nur schwer denkbar war.

So hatte sich Aaron nun also auch wieder dem Leben vor der Haustüre gestellt, wenn auch mit der bescheideneren Variante des simplen Solospazierganges. Er hatte also etwas erlebt, das er beim nächsten Treffen mit mehr oder weniger bekannten Menschen mit einem Hauch von Stolz erzählen könnte. Wenn es also wieder darum geht, was man gemacht hat. Doch für den Moment war Aaron einfach froh darüber, in die Spiegelgasse einzubiegen, in welcher er ein kleines Zimmer angemietet hatte, das er sich selbst gegenüber liebevoll sein Studierkämmerchen nannte.

Kapitel 3 - Zeit und Ziel

„Wer einen Weg von der wirklichen Welt in die wünschenswerteste Welt, die vorstellbar ist, gefunden hat, kann anfangen zu handeln.“[4]

Thomas Metzinger in *Ego Tunnel*

Zeitverschwendung war das erste Wort, was ihm noch im Halbschlaf einfiel und ihn seither, also bis zum jetzigen Moment, nicht mehr in Frieden gelassen hat. Das, was Aaron darunter verstand, schien sich von dem, was die meisten anderen darunter verstanden, erheblich zu unterscheiden. Angefügt muss hier werden, dass mit Aarons Vorstellung von Zeitverschwendung ein mehr oder weniger bewusstes Subjekt verbunden ist. Und vielleicht ist es das eher weniger bewusste Subjekt, das ihm mit dem hypothetischen Nach-dem-Weg-Frager, der unter Umständen vielleicht gar nicht dachte, über den Weg gelaufen war. Ja vielleicht war das auch gar kein Subjekt im eigentlichen Sinne, dachte sich Aaron nun, denn Lebendig-Sein gehörte wohl zweifelsohne zu einem bewussten Subjekt. Die moderne Taschennavigationstechnik ermöglicht hingegen gerade nicht, rezeptiv seiner Umwelt gegenüber zu sein, also zu leben, sondern setzt dem wahrnehmenden Geist auf perfide Weise Scheuklappen auf. Aber

---

[4] Unsere Übersetzung.

vielleicht waren Aarons Erwartungen seinen Mitmenschen gegenüber damit auch bereits zu hoch angesetzt – bewusste Subjekte, was soll das denn sein? Und überhaupt wissen wir doch spätestens seit Nietzsche, dass uns der Löwenanteil unseres Wesens unbewusst bleibt[5] und das bezog der Friedrich sicher nicht nur auf das im Westen tradierte Sternzeichen. So oder so ähnlich brüllte es Aaron im Geiste mehr als 100 Jahre zurück in die Vergangenheit.

Zeitverschwendung war es jedenfalls. Das war ihm wohl als seine bescheidene Aufgabe zu seiner morgendlichen Tasse Kaffee gestellt – von wem? Diese Frage muss später eine Antwort finden. Subjektive Zeitverschwendung setzt jedenfalls voraus, dass das Subjekt Sinnvolles und weniger Sinnvolles gefunden hat, oder Gutes und weniger Gutes, oder Schönes und weniger Schönes, oder Wahres und weniger Wahres – ganz gleich, auf welcher Achse man

---

[5] Lange hatten wir überlegt, hier überhaupt einen Kommentar zu Friedrich Nietzsche anzuführen. Auch wenn sein Leben uns in vielerlei Hinsicht alles andere als erstrebenswert erscheint und uns seine Gedanken zuvorderst in nur kleinen, wenn nicht winzigen Portionen verdaulich vorkamen, so wirkten viele seiner Sätze wie die Entlarvung von den Axiomen der westlichen Kulturlandschaft per se. Über die hier genutzte Paraphrase sind wir einst in der Aphorismensammlung *Die Fröhliche Wissenschaft* gestolpert, und seit das sog. Bewusstsein im populärwissenschaftlichen Mainstream angekommen ist, kam mir diese scharfe Beobachtung immer wieder als Kontrapunkt in den Sinn, sozusagen als Antidot gegen einen überstrapazierten Begriff von *Bewusstsein*. Tausende Philosophen bauen heute auf seinen Überlegungen auf. Für uns gab es nicht viele Dichter und Denker, die auf der Himmelsleiter auf seiner Höhe standen.

unterwegs sein möchte, setzt es also eine Ordnung voraus.

Daneben bräuchte es ferner einen möglichst reichhaltigen Pool an Erfahrungen, dachte sich Aaron, damit die oben genannten Achsen – und alle anderen denkbaren Achsen – möglichst weit in beide Richtungen aufgespannt wären. Wie sonst sollte man die Übersicht haben, wie sonst sollte man überhaupt etwas einordnen können? Und schließlich bräuchte es den Mut, sich auf die eigenen Erfahrungen und seine darauf aufbauenden Einordnungen zu verlassen, um der Zeitverschwendung zu entgehen, und zwar selbst dann, wenn sich die eigenen Einordnungen radikal von den auf Allgemeinplätzen sichtbaren Einordnungen – dies die niedrigere Hürde – und die von den Einordnungen emotional nahestehender Menschen – dies die höhere Hürde – unterscheiden. Natürlich bräuchte es auch ein Ziel, nein, realistischer wäre eine Ahnung, eine Art Sinn für die Richtung, in die es gehen soll. Denn der Richtungen gibt es viele, wenn auch die einzelnen Pfade eher an ein Drahtseil denken lassen, als an eine frischgemähte Wiese im Voralpenland. Alles weitere müsste man dann sehen, dachte Aaron.

Kurzum: Das mit der Zeitverschwendung ist eine komplizierte Sache, und wer komplizierte Sachen nicht mag, der soll ´schaffen´, wie man in seiner Heimat, dem Allgäu, zu sagen pflegt.

Für Aaron war damit die erste Etappe des Tages geschafft, die da im Allgemeinen lautet: Wenn du etwas aus dem Schlaf mit hinüber in den Tag nimmst, so erledige dies als erstes.

Was an diesem Tag als nächstes zu besorgen ist, wird noch zu finden sein. Zunächst gedachte er sich in seinen Hängestuhl zu setzen, der an einem massiven Metallhaken hing. Anfangs knarzte und quietschte das Ganze noch, wenn er auch nur behutsam in den weiten, offenen Raum hinein schwang. Fett, dachte sich Aaron, wenn es quietscht, dann muss geschmiert werden. Butter hatte er im Kühlschrank, war ihm kurz nach dem Einzug eingefallen. Die wird aber bestimmt nur ranzig werden, zum Stinken anfangen – natürlich, Butansäure, relativ flüchtig, volatil, wie die moderne Form der Alchemisten es nennen würde. Buttersäure nennen es die eher praktischer denkenden Chemiker. Na, stinken wird es in jedem Fall und das wollte Aaron nun noch weniger als das Quietschen. Aber Kokosfett hatte er noch, war ihm darauf eingefallen. Er kochte gerne damit, weil gesunde ungesättigte Fettsäuren darin enthalten seien, manche nutzten es sogar als Gesichtscreme, wie ihm einmal zu Ohren gekommen war – dann muss es also gut sein. Und außerdem stinke es nicht. Im Gegenteil, selbst wenn es durch heftigeres Schwingen erwärmt werden würde, sich also der Dampfdruck vergrößern würde, wäre der Geruch durchaus angenehm. Ja, Aaron mochte den Geruch dieser exotischen Frucht, die man in der ein oder anderen Form inzwischen in jedem auch noch so schlecht sortierten Supermarkt bekommt – super, dieser Markt, dachte sich Aaron. Und dann musste er an all die Produkte denken, die er in der Kategorie Konsumprodukte in dieser spätkapitalistischen Zeit gedanklich abgelegt hatte: Kokosmilch, Kokoswasser, Kokosdrink, Trinkkokosnuss, Kokosfett, Kokosmehl, Kokosflocken, Kokoscreme, Kokosshampoo, Kokoskekse, Kokosjoghurt, Kokosschokolade, Kokosraspeln und Kokosnuss.

Selbstzufrieden und innerlich beglückt, von außen jedoch unverändert, saß Aaron also nun in seinem Hängestuhl. Erneut schwang er in den weiten Raum hinein, nun ohne Quietschen. Aaron war stolz. Er hatte etwas wahrgenommen, dann entschieden, dass ihn das Wahrgenommene störte, dann war er dem Impuls zunächst nur gedanklich nachgegangen. Er hatte sich gedacht, was er machen könnte, wenn er sich tatsächlich entschließen sollte, etwas zu machen, etwas gegen das zu unternehmen, was ihn störte – warum ihn das störte und was dieses Etwas, das ihn ausmachte, eigentlich war, war Aarons positivem Gefühl einerlei. Nur, dass es da war, wusste Aaron, und nur das, was da ist, interessierte ihn. Was Aaron nicht wusste, war, woher er den Impuls, ja die Kraft nahm, tatsächlich aufzustehen, trotz seiner Erschöpfung, die er nach dem Umzug verspürt hatte. Wollte er denn tatsächlich seiner Wahrnehmung des störenden Geräuschs mit seinem Körper nachgehen, auch wenn er noch nicht einmal wusste, warum ihn das störte und was dieses Etwas, das ihn ausmachte, eigentlich war? Und dachte er wirklich, dass er da etwas machen könnte? Hatte er gar geglaubt, an dieser Situation etwas ändern zu können?

Einerlei – das Quietschen gehörte längst der Vergangenheit an. Angenehmer würde es sein, wenn es weniger quietscht. Das behaupten jedenfalls die mehr als drei Jahre lang ausgebildeten Verkäufer im Matratzenfachgeschäft, wenn sie einem Kunden mit Federkernmatratze eine neue Matratze aus Schaumstoff verkaufen wollen. Leiser würde es sein, dachte Aaron, und das könne man jedenfalls messen. Ruhe, ja, vielleicht ist es die Ruhe, die es angenehmer macht, dachte sich Aaron nun. Und das verschwundene Quietschen mehrte diese Ruhe, wenn er auch so schnell nichts am Knarzen des Holzbalkens, an dem der Stuhl verankert war, ändern konnte. Und auch das gehörte ins Reich der christlichen Weisheit, erinnerte er sich jetzt. Wer es gesagt hat, war ihm entfallen. Dass es von einem christlichen Mönch kam, was er im Büro seiner einstigen Chefin gerahmt erblickt hatte, lag jedoch auch damals schon auf der Hand: Lieber Gott, bitte gib mir die Kraft zu ändern, was ich ändern kann, die Gelassenheit hinzunehmen, was ich nicht ändern kann und die Weisheit, das eine vom anderen zu unterscheiden.[6]

So banal sich das nun auch anhören mag: Diese Verbesserung gab ihm jetzt in diesem Moment auch ohne großen Aktionismus die Gewissheit, dass er wirklich hier war, wirklich in dieser materiellen Welt war, wenn auch dieser Eingriff

---

[6] Der gerahmte Satz fand sich im 1. Stock des historischen Klostergutes Lohhof, unweit von Mindelheim. Nach einer reichen Geschichte, die von einem frühfeministischen Kloster bis zu einem Lazarett reichte, war unsererzeit eine Einrichtung für Suchtkranke dort beheimatet. Das kleine Sprüchlein haben wir der damaligen Einrichtungsärztin zu verdanken.

schon einige Wochen zurücklag. Man muss ja auch nicht gleich eine Betonbrücke bauen, einen Baum fällen, seine Kreditkarte über ein Lesegerät ziehen oder ein Stück Prinzregententorte verspeisen, um sich darüber klar zu werden. Wichtig für Aaron war, dass er dieses Gefühl durch eine so bescheidene häusliche Tätigkeit bekommen hatte. Und das wiederum nährte etwas in ihm, das ihm Ruhe gab. Nun wusste er wieder, was er erzählen konnte, sollte er am nächsten oder, was ihm sogar noch lieber wäre, erst am übernächsten Tag auf jemanden stoßen, der ihm bekannt wäre. Dass er nachgedacht habe, fühlte sich in dieser Welt immer so an, als wäre es zu wenig. Außerdem bräuchte es auch einen gewissen Raum dafür, den viele, wie es Aaron schien, noch gar nicht entdeckt haben. Arbeiten oder sich vom Arbeiten erholen gab den Takt auf der Straße an. Das Erholen nennen wir in diesen verrückten Zeiten bekanntlich Urlaub. Den Rittern, die im Mittelalter damit die Erlaubnis vom Fürsten, Zeit für sich zu bekommen, gemeint haben, schwebte damit vermutlich noch etwas anderes vor, auch wenn den modernen Bürger diese Wortherkunft in Zeiten der vermeintlichen Freiheit etwas irritieren dürfte. Jedenfalls scheint weder beim einen noch beim anderen Zeitvertreib Platz dafür zu sein.

Die schiere Quantität an Möglichkeiten war zunächst das zentrale Problem. Wenn er heute in einen Laden hineinspaziert, sagen wir einen Bäcker, erscheint es ihm fast unmöglich, zufrieden mit dem Kaffeegebäck sein zu können. Er musste sich gegen zu viele Alternativen entscheiden, die womöglich auch noch besser gewesen wären, hätte er sich denn anders entschieden. In seinem Heimatdorf gab es im Tante-Emma-Laden Hebel Gummibärchen aus großen Vorratsboxen. Die Anzahl der Sorten war selbst für einen Jungen von acht Jahren überschaubar und dennoch waren die Verkäuferinnen so freundlich gemischte Tüten vorzubereiten, in welchen sich mindestens eins von jeder Sorte befand. Hier entschied man sich nicht dagegen, hier ging das Gefühl der Zufriedenheit nicht nur vom Zucker allein aus.

Wir dürften es verkraften, wenn die Auswahlproblematik an dieser Stelle erzählt wäre, doch findet sich das Muster dieser Problematik in allen erdenklichen Bereichen, auf allen erdenklichen Ebenen: Leben, ja, aber wo? Auf dem Dorf oder in der Stadt, in Bayern oder Berlin, in Deutschland oder Indien, allein oder in Gemeinschaft, Holzhütte oder Steinhaus, Wohnung oder Hof, sesshaft oder schwebend, im warmen Süden oder kalten Norden? Arbeiten, ja vielleicht, aber als Angestellter oder Selbstständiger, Karriere oder Freizeit, Geld und Verantwortung oder Freizeit und Unabhängigkeit, Mönch oder Schauspieler, weltlich oder geistig, mit den Händen oder mit dem Kopf, mit oder ohne Menschen, drinnen oder draußen, von zu Hause oder auswärts? Kurzum: Aaron stand vor dem Problem, nicht im Ansatz auch nur eine der oben aufgeworfenen Fragen für sich beantworten zu können. Also traf er auch an jenem Tag dieselbe Entscheidung, die er bereits so oft getroffen hatte.

Er wollte Nachdenken, sich Zuhören, sich selbst auf den Grund gehen. Er wollte zunächst weiter ausloten, wo die Richtung ist, in die er aufbrechen wollte. Zurückkommen wollte er nämlich nicht, wenn er sie finden sollte, jedenfalls nicht zurück in die Welt, in der das Licht zusehend dunkler wurde. Zum Licht also, Aaron wollte zum Licht. Doch gibt es Nebel und Rauch und Dunst und Berge und Wolken und Atmosphäre – alles Naturphänomene, die ihm die Sicht streitig machen.

Abbildung 3: M. Halder, *Fußgängerumleitung I.* Diese Aufnahme entstand unweit des ehemaligen Militärflughafens in Memmingerberg. Wir dachten bei uns: wer dieses Schild angebracht hat, kann weder Passanten noch sich selbst helfen.

Wie also all diese Richtungen ablaufen, wenn man doch schon für eine Richtung ein halbes Leben braucht, sodass bei Rückkehr an den Anfangspunkt das Band des Lebens bereits aufgebraucht ist? Entweder hoch hinaus – denn je höher man steht, desto weiter lässt sich schauen – oder schnell, nein sehr schnell unterwegs sein. Am besten beides, dachte Aaron. Natürlich wusste er, dass er nicht damit beginnen brauchte, tatsächlich vor die Tür zu gehen, um loszulaufen. Vielmehr kam Aaron auf eine altbewährte Strategie zurück: Um sich all diese langwierigen Wege in der Welt zu sparen, ging er seine Wege in Gedanken. Und dafür brauchte er Wörter. Denn was der Schritt in der Welt war, war das Wort im Geist. Und wo man Wörter, Gedankengänge, ja Denkmarathons finden konnte, wusste Aaron sehr gut. Und da er auch wusste, dass jeder Denkmarathon die Essenz nicht nur von guten zwei Stunden, sondern von Monaten, Jahren und ganzen Leben enthalten könnte und oft auch tatsächlich enthält, begann er auch heute zu lesen.

Kapitel 4 - Flugzeuge und Raketen

„Wörter sind Sinnesorgane, mit denen die Welt wahrnehmbar wird“[7]

Andreas Weber in *Biopoetics*

Emporgehoben, über den Alltagssorgen schwebend kam Aaron wieder zu sich. Schon früh hatte er für sich entdeckt, welch magischer Auftrieb sich doch im geschriebenen Wort verbirgt. Und kreiste er erst einmal über den Dingen, über der Vergänglichkeit seiner irdischen Existenz, eröffneten sich ihm Horizonte, die ihn im Geiste anzogen und zugleich im Fleische ob ihrer Ferne und Unerreichbarkeit erschaudern ließen.

Wie solle er sich im Angesicht solcher widersprüchlichen Ansichten entscheiden, wohin die Reise nun gehen soll? Die einzige Richtung, die ihm einleuchtete, war, wie gesagt, nach oben. Von dort aus und nur von dort aus könne er das wahre Ausmaß des Daseins erkennen. Und so grub sich Aaron immer weiter in die Tiefen seiner Gedankengänge, was doch eigentlich nur bedeutete, weiter hinaufzusteigen. Dabei

---

[7] Unsere Übersetzung.

wusste er bei genauerer Betrachtung gar nicht, was es mit dem Oben und Unten auf sich hatte. Sicher war er sich, dass die Körpergröße keine Rolle spielte. Das spielte lediglich beim monetären Gehalt im globalen Kapitalismus des 21. Jahrhunderts eine Rolle, wie Statistiker gezeigt haben.

Auch spielt das biologische Alter keine Rolle oder jedenfalls nur eine untergeordnete. Zwar sorgt die beiläufig erhaltene Lebenserfahrung für mehr Weisheit, je älter das Individuum wird, doch wird dieser Zuwachs an Weisheit von der stärker werdenden Tendenz zur Vorsicht und zur immer einnehmenderen Sorge um sich selbst antagonisiert. Nur zu oft findet sich in den Werken vieler großer Namen gegen Ende ihres Schaffens das Gegenteil dessen, was im Frühwerk behauptet wurde. Ludwig Wittgenstein sei hier stellvertretend erwähnt.[8] Vielleicht zeigt sich in diesem Muster bereits das ständige Sich-Selbst-Nachjagen, das auch Aaron keine Ruhe

---

8 Anfangs schien es Wittgenstein um eine Art Reinigung der Sprache zu gehen, die sich in seinem *Tractatus Logico-Philosophicus* widerspiegelt. Indem wir Ungenauigkeiten aus der Sprache ausmerzen, so das Substrat, auf dem sein frühes Denken zu wachsen scheint, können wir zum Wesen der Dinge vorstoßen – sozusagen kann strenges, klares und analytisches Denken, kurz (analytische) Philosophie, zum Wesentlichen führen, vorausgesetzt, dass dieses Wesentliche überhaupt erst ein erstrebenswertes Ziel ist. Die Klarheit eines derartigen Weges wurde dann später, etwa in *Über Gewißheit*, radikal infrage gestellt, und zwar insofern, dass es eine solche Klarheit überhaupt nicht gebe. Dass die Änderung einer Meinung, auch einer ganz grundlegenden, in Ordnung ist, dass man das machen kann, ist eine Sache, die man besonders von ihm Lernen kann. Wie vielen unter uns würde diese Lektion gut bekommen?

lässt. Außerdem erinnerte er sich an unzählige Begegnungen mit Jugendlichen und Kindern, aus denen er erstaunt, also erhoben herausging. Aber mit dem eigentlichen Oben mögen diese oft glücklichen Findungen seiner Begegnungen nicht unmittelbar zusammenhängen.

Abbildung 4: M. Halder @ MidJourney, *Aiming higher and higher.*

Mit dem Oben verband er zunächst, nun nachdem er eingehender darüber nachgedacht hatte, in größeren Räumen und Zeiträumen zu denken. Nicht das Haus, der Garten, das

Dorf oder das Land bedeuten großer Raum, auch wenn für so manchen bereits die harte Seele eines deutschen Großstädters außerhalb der direkten Erfahrung liegt. Kontinente, Planeten oder Sonnensysteme sind großer Raum. Nicht die Zeit des Gestern, Heute und Morgen, nicht die Zeit des letzten Jahres und nicht die Zeit der eigenen Eltern und Großeltern meint größere Zeiträume, auch wenn man bei den Eltern und Großeltern beziehungsweise deren Generationen schon eher anfangen würde, davon zu sprechen. Es sind Jahrhunderte und Jahrtausende, Äonen und Zeitalter, mindestens menschliche Epochen, mit denen Aaron gerne herumspielte. Denn nur in den großen Umwälzungen, in den großen Bewegungen kann man Ruhe finden, dachte Aaron. Hat man einmal verstanden, dass die kleinen Auf- und Abwärtsbewegungen, von denen das tägliche profane Leben nur so wimmelt, bereits am nächsten Tag keine Rolle mehr spielen und dass das am Tage darauf und am Tage darauf und am Tage darauf so weiter geht und dass damit nur eine ständige Unruhe einhergeht, wird man sich bald schon nach weniger schwankungsanfälligen Sphären umsehen. Dann ist es nicht die Mode, die interessiert, nicht das von vornherein Gezeitigte, sondern das Unveränderlichere, das Zeitlosere, das Ewigere – nur von der Tendenz her gesehen, nicht vom Absoluten.

Wie dem auch sei, es bringt jedenfalls nichts, sich für 9,99 Euro in ein Flugzeug von Frankfurt nach London zu setzen und von 30.000 Fuß Flughöhe über den Ärmelkanal zu gleiten, um von dem Oben zu sprechen, das Aaron meinte.

Und ebenso wenig wie sich aus der physischen Lage ableiten lässt, ob der Flugpassagier eigentlich oben ist, lässt sich auch nicht aus einzelnen Worten oder Gedanken ableiten, ob jener Wort- beziehungsweise Gedankeneigner oben ist. Für Aaron machte es schließlich einen Unterschied, ein und denselben Satz aus zwei unterschiedlichen Mündern zu hören.

Ja, neben den Worten und Sätzen sind es natürlich auch die Namen, dachte sich Aaron nun. Und genauso wie Namen mit verschiedenen Zeiten verbunden sind, sind auch Namen mit ganz bestimmten Wörtern verknüpft. Ja, die ganze Dimension der Wörter und Namen lässt Aaron immer wieder Erwachen. Nur einige wenige drängende Beispiele seien dem oben angedachten Ursprung des Urlaubsbegriffs hinzugefügt: Bedenkt man, dass die ökologische Bewegung ohne den Begriff der Ökologie gar nicht erdacht werden kann und letzterer nicht vor Ernst Haeckel in der Mitte des 19. Jahrhunderts aufkam, erscheint jede politische Ökologie des Jetzt in einem merkwürdig jungen Licht.[9] Bedenkt man ferner,

---

9 Wann welche Idee oder welcher Begriff historisch erstmals Erwähnung fand, ist eine Denkfigur, mit welcher wir vor allem in unserer Zeit am Institut für Wissenschaftsgeschichte in Regensburg vertraut wurden. Das Kerngeschäft dieser noch jungen Disziplin lässt sich mit *Historische Epistemologie* benennen. Die oben genannte Denkfigur wäre einer von vielen Bausteinen für das Unternehmen einer Historischen Epistemologie. In jedem Fall lässt diese Denkfigur in jeder Sackgasse einen Kontrapunkt finden, der oft an den Beginn der sog. Wissenschaftlichen Revolution im 16. Jahrhundert führt und damit in ein Denken, das von vielen Prämissen jener Sackgassen naturgemäß bereinigt ist. Auswege aus diesen Sackgassen ergeben sich so wie von selbst.

dass das Gros aller universitären Disziplinen, einmal abgesehen von den alten Vieren – Medizin, Theologie, Philosophie und Jura – nicht vor der Renaissance im 16 Jahrhundert existierte, wirkt die gesamte Naturwissenschaft, zu der die Medizin im Übrigen nicht gerechnet wird, wie das kindliche Spiel einer schon steinalten Menschheit.

Dadurch lässt sich dann auch erklären, warum einst der Begriff des Universalgelehrten Sinn machte und wie es zum Beispiel sein kann, dass Antoine Lavosier, der Bezwinger der Phlogistontheorie, ebenso Chemiker wie Rechtsanwalt sein konnte, eine Kombination, die sich heute nur schwerlich finden lässt, vorausgesetzt man legt den Maßstab der Professionalität zugrunde.

Mit einem letzten kleinen Erwachen wollen wir es hier vorerst gut sein lassen: Die von der heutigen Jugend so oft beklagte Langeweile ist eine Kategorie, die mit dem Bürgertum um die Jahrhundertwende vom 18. ins 19. Jahrhundert aufkam – da fragt man sich, was die Leute damals alles gemacht haben, dass sie diese geistige Figur schlicht nicht nötig hatten. Und sagt man denn nicht, dass wir in einer Welt mit immer mehr Möglichkeiten leben? Sind wir in dieser Hinsicht wie Rehe im Scheinwerferlicht, die wie versteinert stehen bleiben, wenn sie von derart vielen Möglichkeiten angestrahlt werden? Oder haben wir nur Angst zu leben?

Was Aaron an derartigen Situationen des Aufwachens gefällt, ist ihr prinzipieller Charakter: Sie sind immer verfügbar, sie sind unerschöpflich, sie machen das Leben reicher und heller, sie überraschen nicht nur Aaron, sie sind kostenlos und sie sind in jedem Fall nicht ganz offensichtlich schlecht. An dieser Stelle hätte Aaron noch vor Jahren begonnen, aus dem Vollen zu schöpfen. Heute begnügt er sich mit einer Bemerkung, die er immer dann vom Stapel lässt, wenn sein Gegenüber ihm eine vermeintliche Tollheit verkaufen will, die Aaron aus all den guten Gründen eben nicht kaufen wird: Mit wem redest du da?

Neben diese Einwort-Erweckungen reihen sich selbstredend die Vielwort-Erweckungen, folgerte Aaron nun, womit wir bei Lyrik, bei Texten und schließlich bei Büchern ankommen. Und ferner hörte er sich tatsächlich laut aussprechen: „Wenn Einwort-Erweckungen den Charakter von Flugzeugen haben, dann haben Vielwort-Erweckungen den Charakter von Raketen." Und genau so müssten sich auch die MRT-Bilder verhalten, dachte Aaron. Denn beim Lesen werden mannigfaltige Erinnerungen aus dem eigenen Leben in Windeseile mit Textpassagen identifiziert und verknüpft, wird eigenes Lebenspotenzial virtuell ausprobiert, werden Fragmente aus unterschiedlichen Lebenszeiten miteinander kombiniert – kurz: es geschieht das, was wir eingangs im Sprech eines Neurowissenschaftlers als Interkonnektivität bezeichnet haben.

Erweckung war nun auch das Stichwort für Aaron, der, tief in sich versunken wie er war, realisierte, dass es bereits dunkel geworden war. An welchen Ort sich die Zeit heute verzogen hatte, wusste er, wie so oft, mal wieder nicht so genau. Was er dafür wusste: Er hatte den ganzen Tag nicht ein einziges Mal sein Studierkämmerchen verlassen. Er zog sich also seine Schnürstiefel an – ja die Schnürstiefel, denn mit ihnen konnte er weite Strecken laufen, ohne kalte Füße zu bekommen – drückte sich seine neu erstandenen Kopfhörer in die Ohren, kabellos versteht sich, drehte sich eine kleine mit Marihuana bespickte Zigarette und ließ sich vom Klang deep into the magical woods tragen.

Kapitel 5 - Krisenartefakt

"Es gibt nichts zu feiern, wo keine Daseinsschwere den ständigen Hintergrund liefert."

Hans Jonas in *Prinzip Verantwortung*

Zurückkommen, dachte sich Aaron. Immer wieder zurückkommen, sich erden. Das war wichtig für Aaron. Jedenfalls wurde ihm das in jeder seiner Lebenskrisen immer und immer wieder gesagt. Sogar einen Zettel hatte er sich geschrieben, der klar ersichtlich in seinem Studierkämmerchen an der Wand hing. Darauf zu lesen war in großen und also deutlichen Lettern: *Schreiben, Musik, Yoga, Joggen, Bilder, Malen*. Bei klarem Verstand betrachtet, erscheinen ihm diese Beschäftigungen als so sehr in Fleisch und Blut übergegangen, dass er sich darüber wundern muss, genau für diese Dinge werben zu müssen – doch hat dieser Zettel seine Geschichte und wird wohl nicht ohne Grund dort hängen, dachte er. Und war das nicht einer der ganz wichtigen Sätze aus dem Mund seines kastalischen[10] Professors: Know your history? Dabei

---

[10] Wir beziehen uns hier auf Hermann Hesses *Glasperlenspiel*, in dem ein Gelehrtenort namens *Kastalien* Erwähnung findet. Dort scheinen sich die Glaubenssätze und Handlungsmotive so sehr von den in der breiten Gesellschaft vertretenen Glaubenssätzen und Handlungsmotiven zu unterscheiden, sodass der Eindruck entsteht, es handele sich hier um eine zeitlosere, idealere Parallelwelt.

offengeblieben war, was jene Gestalt eigentlich damit gemeint hatte. Meinte er die persönliche Lebensgeschichte, meinte er die Familiengeschichte, meinte er die Landesgeschichte, meinte er die Menschheitsgeschichte im Allgemeinen, meinte er die Geistesgeschichte, die Wissenschaftsgeschichte? Oder meinte er gar alles zusammen, weil all diese Sachen ja auch irgendwie miteinander zusammenhängen?

Bei einem war sich Aaron vorerst sicher: Der Zettel hatte eine, wenn auch kurze Geschichte, die ihm in ganz dissoziierten Momenten doch einen gewissen Halt zu geben verspricht, und genau deshalb schmückt dieser Zettel auch sein Studierkämmerchen. Näher betrachtet, musste er sich dann doch eingestehen, dass zwei der aufgelisteten Beschäftigungen nun doch nicht zu seiner täglichen Praxis gehörten – darunter war das Malen sowie das Joggen, also zwei Beschäftigungen – das kann er schon einmal festhalten, die ihm keine kognitive Anstrengung abverlangten. Warum Spazieren nicht darauf stand, konnte sich Aaron nur so erklären, dass er in Momenten der Krise am liebsten niemanden zu Gesicht bekommen wollte. Allein der Gedanke an eine Begegnung, erinnert er sich nun, ließ ihn innerlich unruhig werden. Aber damit ist wenig ausgesagt, geht es doch allen sich in Krisen befindlichen Menschen so – und hier setzte Aaron wieder stillschweigend voraus, dass Menschen überhaupt im Stande sind, ihre Lage zu sehen und also beurteilen zu können, ob sie in einer Krise stecken oder nicht. Und ob diese Voraussetzung tatsächlich gegeben ist, ist alles andere als eine ausgemachte Sache.

Joggen hingegen war etwas gänzlich anderes. Die einzigen Gemeinsamkeiten zum Spazieren liegen womöglich in

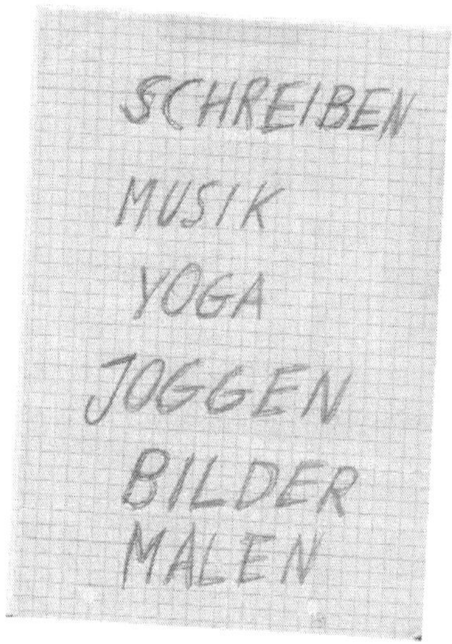

Abbildung 5: M. Halder,
Krisenbewältigungsliste (gescanntes original).

der Strecke, die abgelaufen wird, sowie in der banalen Tatsache, dass man es draußen verrichtet. Der Spaziergänger ist im Betrachtungsmodus, der Spaziergänger hat Zeit, ja der Spaziergänger legt es zwar nicht darauf an, Bekannte zu treffen, doch schwingt im Akt des Spazierengehens eine gewisse Bereitschaft zur Begegnung mit, wie auch im Gang und Blick des Spaziergängers eine gewisse Würde mitschwingt.

Der Jogger hingegen ist im Arbeitsmodus, er bildet einen Tunnelblick aus, er hat keine Zeit und all das ist auch den stillen Beobachtern klar, denen er unterwegs begegnen könnte, die ihn auch nicht ansprechen werden, schließlich hat er, wie man sehen kann, auch gar keine Zeit dafür. Auch der Gesichtsausdruck strahlt keine direkte Würde aus, wenn auch das vom Schritt der elaborierteren Läufer nicht unbedingt gesagt werden kann. Vielmehr sehen die Gesichter angestrengt aus, manche gar schmerzverzerrt, wieder andere rot und glänzend. Kurzum: Joggen ist nicht einfach schnelles Spazieren, die ganze Intention ist eine andere und damit auch die ganzen Gedanken und deren Strömungen.

Im Übrigen wimmelte es in Ratisbona nur so von Joggern. Unzählige Male mussten sich die Noch-nicht-Laufenden den dekorierten Schaufenstern des Sportgeschäfts *Lauf und Berg König* ausgesetzt haben, ehe sie, von der Psychologie der Verfügbarkeit[11] geleitet, mehr über dessen Türschwelle stolperten, als willentlich eintraten und mit einer Einkaufstasche aus Papier, gefüllt mit Schuhen, Hemd und Hose wieder austraten. Und was man dann in einem gefährlichen Moment sich angeschafft hat, musste dann schließlich auch verwendet werden. So, dachte es in Aaron, müsste das kollektive

---

[11] Diese und andere Grundtendenzen unseres Denkens im Allgemeinen hat Daniel Kahnemann in seinem Klassiker *Thinking Fast, Thinking Slow* beschrieben, der einige Erleuchtungen für den interessierten Streifzügler bereithält.

runners high zumindest in Teilen erklärt sein, jedenfalls flanierte Aaron selbst ungezählte Male die Krebsgasse entlang, in welcher sich jenes Geschäft befand, und wie oft überkam ihn dabei der Gedanke eines vitalen, gesunden Ausgleichs, der sich im Haus mit der Nummer 2 eintüten ließe.

Das körperliche war auch Vorbereitung: Einmal den ganzen Organismus in Schwung bringen, den salzigen Körpersaft aus jeder Pore herausdrücken, damit Begegnungen mit Artgenossen zu den kleineren Herausforderungen gehören. Er erinnerte einen dicklichen Kommilitonen, bei dem im Masterseminar ohne jeden wahrnehmbaren äußeren Grund die Schweißperlen auf der Stirn sich sammelten, dass sie seitlich an den Schläfen herunterliefen. Hier vielleicht wäre eine solche Vorbereitung angezeigt.

Was das Malen angeht, so beschränkte sich Aaron, bis auf wenige Ausnahmen: Er erinnerte sich an eine Aufnahme des brasilianischen Fotografen Sebastiao Salgado, die er vor Jahren mit Kohle auf ein handgeschöpftes Papier übertrug; darauf zu sehen war ein afrikanischer Junge von vielleicht zehn Jahren, der in der völlig ausgedörrten Steppe neben einem ausgezehrten Hund stand, bekleidet nur mit einem löchrigen Umhang aus Leinen und einem Strick, an dem ein Topf sowie ein Saiteninstrument befestigt waren; seine Haltung war es, die Aaron nie wieder vergaß, auch wenn ihm das damals noch nicht klar war. Erst später, bei der zweiten Sichtung des

Wenders-Films *Das Salz der Erde*[12] erkannte er, wie sehr sich die Worte des Sprechers in seine eigene Erfahrungswelt eingebrannt haben, als wäre nicht Wenders der eigentliche Erleber gewesen, sondern Aaron selbst. Einerlei – auch heute noch konnte er jene Fotografie vor seinem geistigen Auge betrachten, als wäre es erst wenige Stunden her gewesen.

Das Zeichnen fand sich nun nicht auf der besagten Notfallliste, das Malen hingegen schon, und damit meinte er in erster Linie das Ausmalen von Mandalas. Es waren das Aufbringen der Farbe, das Auswählen der Farben, die Komposition, die ihm dabei das Gefühl von Wirksamkeit gaben, und es war die feste, harmonische Struktur, die ihm Ruhe brachte, wenn er doch sonst nirgends mehr Ruhe finden konnte. Und es war etwas, was er schon vor gefühlten Äonen gemacht hatte, als seine Seele noch in einem sehr viel unschuldigeren Zustand sich befand, als er sich noch nicht im Ansatz ausmalen konnte, welch unsagbare Dynamik und Schönheit und Grausamkeit ihm dieses Leben noch zum Erleben bereithalten würde. Ja, diese Mandalas gehörten fest zu seiner Geschichte, erinnert sich Aaron, mit seine frühesten Kindheitserinnerungen am elterlichen Küchentisch aufrufend.

Über die anderen selbsttherapeutischen und lebenserhaltenden Beschäftigungen zu sprechen, wollen wir uns für später aufsparen. Nur eine Auffälligkeit sei kurz herausgestellt:

---

12 Dieser ausgesprochen sehenswerte Film handelt von eben diesem Fotografen.

Jede einzelne der genannten Beschäftigungen auf jenem Stück Geschichte haben mit innerer Einkehr, mit Introspektion, ja mit Beschäftigung mit dem Selbst zu tun – es findet sich auf Aarons kleinem Exponat nicht eine einzige Beschäftigung, die man gemeinhin in Gesellschaft verrichtet. Wobei er sich auch erinnern kann, gemeinsam Mandalas gemalt zu haben und auch gemeinsam Joggen gewesen zu sein – um etwas mehr zu sagen, als dass es sich dabei um Ausnahmen handelt, die die Regel bestätigen, malt und joggt man bei all dem augenscheinlich geteilten Malen und Joggen letztlich doch für sich allein. Und es ist an dieser Stelle, als Aaron wieder einfällt, wo er eigentlich stehen geblieben war. Zeitverschwendung, genau, da war er stehen geblieben.

Ja, das Gefühl, seine Zeit zu verschwenden, beschlich ihn, wie er sich immer und immer wieder dabei beobachtet hatte, in Gruppen, in Gesellschaften, in Menschenansammlungen, die zwei, drei, ja vielleicht vier Personen überschreiten, wobei an der bloßen Zahl allein es nicht liegen konnte. Und auch alleine beschlich ihn bei so manch früherer Beschäftigung dasselbe Gefühl, gerade wenn er an die Stunden vor dem Computer mit menschengemachten Spielen dachte, die ihm im Nachhinein außer gefühltem, vermeintlich eigentlichem Spaß nichts brachten und im grandiosen Sinne an dem vorbeigingen, was er heute unter Leben versteht. Doch sagen wollte Aaron dennoch etwas dazu, auch wenn wir zu allem, was wir uns denken können, auch ein Gegenbeispiel finden können.

Eben diese Methode des Voranschreitens ist gerade eine sehr erfolgreiche gewesen, wenn wir – wie es uns oft in der Disziplin der Weisheitsliebenden begegnet – nur an Platos Dialektische Ethik, an Hegels Phänomenologie des Geistes und später noch an Horkheimers und Adornos Dialektik der Aufklärung denken, um hier nur eine fast schon lächerliche Selektion zu betreiben.

Wie dem auch sei, in ersterem wie in letzterem Büchlein steckt dann ohnehin das Wort der Stunde darin, mit dem man genau die Lösung dieser Problematik als Losung für ein Weiterkommen begriff. In jedweder Dialektik geht es im Übrigen weder um den Dialekt, sprich nicht um eines vieler Derivate einer Hochkultursprache – auch wenn Hegel selbst als gebürtiger Schwabe hiervon ein Lied zu singen wusste – noch um einen Dialog im Sinne eines Gesprächs zweier Menschen – wobei ein Dialog wiederum dialektisch aufgebaut sein kann – sondern darum, einen Trend zu erahnen, zunächst einem Gefühl Ausdruck zu verleihen, vielleicht eine Tendenz zu spüren, und ausgehend davon den ersten Satz zu formulieren, um selbigen wieder auf den Prüfstand zu stellen, indem ich ihn eben von einer anderen Perspektive mir ansehe. So wird der erste Satz zum Spielball, der wie beim Tischtennis von links nach rechts und wieder nach links gespielt wird und so weiter. Dabei wird dann schließlich die erste Regung Stück um Stück schärfer und sozusagen auf ihren Realitätsgehalt überprüft.

Was man sich davon verspricht, fragte ihn eine erstaunlich plastische, mit vielen Ober- und Untertönen schwingende Stimme in seinem Kopf. Na, am Ende weiß man eben, ob man seiner Regung eher mehr oder weniger trauen kann. Im Falle dessen, dass die Regung sich als mit der Realität nicht genau, so aber vielleicht zu einem Gutteil deckt, weiß man also, dass es sich lohnen könnte, seinen Regungen nachzugehen. Im zweiten und ungünstigeren Falle findet man heraus, dass es vielleicht doch geschickter gewesen wäre ein Bier zu trinken, dann allerdings mit dem Risiko, dass man das Sich-Kennenlernen ein weiteres Mal in die Zukunft verschoben hat.

So oder so ähnlich bedachte Aaron die Frage dieser vielstimmigen Stimme. Und hier fiel ihm dann auch ein Satz eines früheren Lehrers ein, der dabei selbst einen deutschen Lyriker zitierte und kurz darauf Aarons Schulordner zierte: *Der Mensch sieht ein und das ist wichtig, nichts ist ganz falsch und nichts ist ganz richtig.*[13]

Großartig fand er den Satz damals schon, dass sich aber darin die Quintessenz der Dialektik wiederfindet, überraschte ihn nun dennoch.

Jedenfalls wurde Aaron den Eindruck nicht los, dass es

---

13 Wir danken einem Lehrer für diesen früh erhaschten ´Blick´ auf eine dieser Ewigkeiten, zugetragen irgendwann zwischen 2006 und 2008 im Leistungskurs Chemie am Gymnasium zu Memmingen.

vor allem in Gesellschaft war, wenn ihn jenes Gefühl heimsuchte, das wir anfangs deutlich wahrnehmen, nicht aber benennen können, und welchem wir anfangs mit allerhand Zorn und Unverständnis begegnen, das wir später dann immer weniger wahrnehmen, so wie man einen Geruch immer weniger wahrnimmt, wenn man ihm ständig ausgesetzt ist, bis wir es schließlich als völlig normal abgespeichert haben, so als wäre unser Wahrnehmungsapparat damit geeicht worden, ja so als hätte das Gefühl so sehr von uns Besitz ergriffen, dass wir uns gar unwohl fühlen würden, wenn es auf einmal nicht mehr da ist. Vielleicht ist das eines der kleinen Geheimnisse, die Aaron tief in seinem Inneren mit sich herumtrug, vielleicht ist das ein Grund, warum auf jenem Zettel in seinem Studierkämmerchen ebendiese Beschäftigungen stehen, die ihn in gewisser Distanz zu einer solchen Eichung halten. Und Abstand empfiehlt sich in so manchen Angelegenheiten als heilsames Mittel. Man stelle sich nur einmal vor, dass sich der Abstand von Erde und Sonne halbieren würde. Und ist dieser Vergleich nicht gerade in dieser Situation angebracht? Denn so wie die Erde nur deshalb in der habitablen Zone ihre Runden um den Fixstern dreht – eine Tatsache übrigens, für die ein Galileo Galilei im 16. Jahrhundert noch vor Gericht gezerrt wurde und wenn auch nicht geköpft, so zu lebenslänglicher Freiheitsstrafe verdammt wurde, die also mit anderen Worten alles andere als *common sense* war – weil die aus der Bahngeschwindigkeit resultierende Zentripetalkraft im Gleichgewicht zur Gravitation zwischen Sonne und Erde steht, so scheint es auch in unserem Fall ein analoges Kräftegleichgewicht zu geben, das die Individuen mit der Fähigkeit, das eingangs erwähnte Gefühl aufzuspüren, um die Gruppe, die sich der Bewusstwerdung entsagt hat, kreisen lässt. Kurz: Es geht also um einen gesunden, ja habitablen Abstand, um als Individuum kreisen und also überhaupt leben zu können. Denn sänke der Abstand der Erde von der Sonne um wenige Prozentpunkte, so würde die Erde innerhalb weniger Jahre in die Sonne stürzen. Damit wäre nicht das Leben vorbei im Allgemeinen, so aber doch das auf unserem Planeten.

Fraglich bleibt, welchem Gravitationszentrum sich Gruppen annähern und ob, oder inwiefern, die Individuen, wenn sie einmal zu nahe an diesem Zentrum waren, im eigentlichen Sinne als Individuen überhaupt noch leben. Dabei kann man natürlich nicht sagen, dass Menschen, die sich gerne in Gruppen aufhalten, nicht mehr leben. Was man aber, wiederum als Tendenz, festhalten kann, ist doch folgendes: Je mehr Zeit der Mensch in Vermengung, ja Vermischung verbringt, desto häufiger ist er eben nicht bei sich und seinen subtilen Regungen und desto weniger wird er sich also auf das Spiel einlassen können, welches im Ruhigen anhebt und sich in den Tiefen und Weiten der Seele immerzu selbst fortschreibt.

Nun stiegen in Aaron all die Kunstformen der Natur auf, die Ernst Haeckel auf so wundervolle Weise in seinem gleichnamigen Titel in Handarbeit gezeichnet hatte – Spiralen, die sich nach Fibonacci ins Unendliche ausbreiten, fraktale Muster, die sich bis in alle Ewigkeit vervielfachen, konzentrisch-dynamische Kreise, die wie eine pulsierende Schwingung das ewige Om versinnbildlichen und dergleichen mehr. Ebenso in der Musik eines Johann Sebastian Bachs finden sich derartige, permutierte Elemente, wie sie Douglas Hofstadter in seinem feinen Buch[14] so herausragend neben die Zeichnungen eines Maurits Eschers gestellt hat.

Erdung, dachte sich Aaron jetzt wieder, Erdung. Ja, Erdung ist dann eine Sache, die der Gesellschaft auf der anderen Seite wiederum gutgeschrieben werden muss. Doch das dürfte nach allem bisher Gesagten nicht überraschen, haben wir sie doch oben bereits als Gravitationszentrum bezeichnet. Und was ist Erdung anderes, als kraft eines Naturgesetzes mit den Füßen auf den Boden gepresst zu werden? Nichts

---

14 Die Rede ist von *Gödel, Escher, Bach*, vielleicht eines der zehn wichtigsten Literaturwerke des letzten Jahrhunderts – nur ein Bauchgefühl. Die Denkfigur des Kontrapunktes, den Hofstadter aus der Musiktheorie zu Johann Sebastian Bach anführte, sei hier nur als zentrale Denkfigur in diesem Büchlein herausgestellt. Erst kürzlich strahlte der Sender *arte* eine sehenswerte Biografie über M.C. Escher aus, in der man gegen Ende Escher als betagten Herren über eine Wiese gehen sieht, während man ihn in etwa das Folgende sprechen hört: „Ich will das Unmögliche schaffen, deshalb ist jede Arbeit, die ich beginne, von vornherein zum Scheitern verurteilt. Egal was ich versuchen werde, ich werde scheitern.“ Eine seltsame Ruhe, die von diesem Gedanken ausstrahlt. Auch das wäre mir ohne Hofstadters Lektüre versagt geblieben.

anderes. Und wo wir schon beim Thema sind: Als vermeintliches Antidot gegen Einsamkeit mag Gesellschaft im Allgemeinen herhalten – sicher ein Punkt, den man auf so mancher Habenseite bilanziert finden würde. Doch trägt diese Meinung all jene nicht mehr, die die unverständliche Erfahrung des Alleinseins in Anwesenheit vieler gemacht haben. Denn was ist das Gegenteil von Alleinsein anderes, als Teile von sich selbst – seien es Gedanken, Verhaltensweisen, Gepflogenheiten und dergleichen mehr – im anderen wieder zu erkennen? Und wie dunkel mag es dann werden, wenn man im letzten Fluchtpunkt eines gesellschaftlichen Gravitationszentrums das erhoffte oder eigentlich erwartete, ja sicher geglaubte Licht nicht findet?

Drehte er sich im Kreis? Hatte er nun irgendetwas gesagt? Oder hat er einfach nur geredet? „Ach genau, das war´s!", rief Aaron freudig in sein Studierkämmerchen hinein. Dieses Gefühl, jenes am Eingang beschriebene Gefühl, machte sich auch deshalb in Gesellschaft bemerkbar, weil eine häufige gesellschaftliche Spielart darin besteht, möglichst so zu tun, als gäbe es nur genau ein einziges Gravitationszentrum und dieses sei ja dann auch schon immer dieses eine Gravitationszentrum gewesen. Man selbst könne da ja auch nichts dafür oder dagegen machen, hörte Aaron weiter, als er sich in das Auge dieses Zentrums versetzte. Und zeigt sich dann in diesem Nichts-Machen-Können nicht schon die eigentliche Lebensverweigerung, der sich Aaron so beharrlich entgegenstellt? Wie auch immer hier die Gemengelage zu beurteilen war: Das Gravitationszentrum, das Aaron nun anzog, war die Herdplatte, auf der schon seit geraumer Zeit der Fahrradeintopf[15] stand und auf niedriger Stufe vor sich hinköchelte. Erdung, dachte sich Aaron, Essen muss man nicht nur, Essen ist auch Erdung. Linsen und Tomaten wachsen aus der Erde heraus, Kartoffeln, Zwiebeln und Karotten holt man sogar direkt aus der Erde heraus, und wo genau die ganzen Gewürze herkommen, will Aaron für den Moment nun auch nicht wissen.

---

[15] Dieses Rezept war auf einer dreimonatigen Fahrradtour an den Landesgrenzen Deutschlands zum Grundnahrungsmittel geworden und besteht aus Zwiebeln, Kartoffeln, Linsen aus der Dose, Kokosmilch sowie einem frischen Gemüse wie Staudensellerie, Karotten oder Kohl. Aufgrund nur einer Gaskochplatte wird alles der Reihe nach in den Topf geworfen und am Ende mit einem Schuss Essig versetzt.

Kapitel 6 – Muster und Musik

„Man kann seine Muster folgerichtigen Denkens nicht ewig verteidigen. Es kommt ein Punkt, an dem der Glaube die Zügel übernimmt."

Douglas R. Hofstadter in *Gödel, Escher, Bach*

In der Regel zog es Aaron vor, den frühen Morgen mit einer Lesung zu beginnen und in aller Ruhe sein Müsli – Haferflocken in Wasser eingeweicht für zehn Minuten, Leinsamen, Chiasamen, Apfel, Banane und Mandeln – sowie zwei Tassen Kaffee zu sich zu nehmen. Oft beobachtete er sich nach der ersten Stunde dabei, vor die Tür zu gehen, sich auf die Stufen zu setzen, links die zweite Tasse Kaffee, rechts eine Zigarette, wo er sodann die Erscheinungen beobachtete, die in den Vormittagsstunden die Spiegelgasse passierten. Natürlich war da auch Peter, der freundliche, langbärtige Dickwanst mit grau melierten, langem dünnen Haar, das er stets zu einem einfachen Zopf gebunden hatte und welcher das Literaturcafé direkt nebenan betrieb. Ab und an stolzierte Aaron stolz in seinen Laden, um dort seine Bücherpakete abzuholen, wenn er entweder nicht zu Hause war, als der Postbote vorbeikam, oder weil die Bücher schlicht zu dick waren, um im Briefkasten Platz zu finden. Oder Marga, die einzige Straßenfegerin in ganz Regensburg, die mit verrauchter

Stimme und Zigarette im Mundwinkel mit einem alten Reisigbesen das Kopfsteinpflaster fegte – eine Szene, die sich so vermutlich schon vor 500 Jahren abgespielt haben könnte, dachte es in Aaron, weil sich genau diese Jahrhunderte alten Besen am besten dafür eignen, den Dreck zwischen den Pflastersteinen herauszubekommen. Und die Gasse runter arbeitete Guelcin in der Bäckerei, die ihm nun nach einigen Wochen der immer selben Bestellung inzwischen die Breze ohne Salz entgegenstreckte, worauf er sich freundlich bedankte und eine Eineuromünze in das Holzschälchen legte und seine Geste mit dem immer gleichlautenden: „Stimmt so“, versprach. Und jedes Mal, wenn er so in seinen Morgenmantel gekleidet hinunterspazierte, freute er sich darüber, wie sich Guelcin und im Allgemeinen Bäckereifachverkäuferinnen – und es sind ihm bis auf eine einzige Ausnahme nur Bäckereifachverkäuferinnen untergekommen, und was war er nicht in Bäckereien gewesen – über ein doch schmales Trinkgeld freuten. Vielleicht war das dann auch die finale und höchste Bestimmung dieses kleinen Münzgeldes, denn die Ausgabe desselbigen dürfte im Angesicht des Gegenwertes wohl kaum jemand mit einer derartigen Regung verbinden. Selbst in den alten Zeiten der Deutschen Mark hätte er sich beim dörflichen Gemischtwarenladen noch nicht einmal eine Gemischte Tüte davon kaufen können.

Neben diesen wiederkehrenden Begegnungen mit den Menschen, die nun ohnehin vor seiner Tür sich bewegten, erfreute er sich auch und besonders an den flüchtigeren Blicken, die er auf junge Mütter mit Kinderwagen in allen Preisklassen, auf ältere alleinstehende und oftmals befremdlich aufgemachte Damen oder auf zerfeierte Burschen und Mädchen werfen durfte. Natürlich waren da auch noch die Obdachlosen, die von ihrer frühmorgendlichen Pfandsammlung auf dem Weg in den Süßwarenladen waren, weil die urbayerische Ladeninhaberin zehn statt nur acht Eurocent Pfand auf die Glasflasche ausbezahlte – warum sie das machte, blieb Aaron auf immer ein Rätsel. Jedenfalls pflegte er diese kurzen Episoden, in denen er sein Studierkämmerchen für einige Momente verließ, um sich umso erfrischter wieder seiner Arbeit zuzuwenden.

Doch an diesem heutigen Tag wollte Aaron seine Muster durchbrechen, oder besser gesagt: irgendetwas in ihm wollte das. Gelegentlich war das vorgekommen, dass er von irgendwoher einen starken Impuls bekam, dem er dann unverzüglich spürte nachgehen zu müssen. Im Übrigen hielt er es für durchaus gesund, seine Routinen und Muster gelegentlich zu durchbrechen. Sei es nun, um danach wieder zu wissen, warum er seine Routinen und Muster hatte, sei es nun, um in der Zerstreuung neue potenzielle Routinen und Muster zu erkennen, sei es schließlich, um für immer einmalige Erfahrungen zu machen – unter uns gesprochen, verhält es sich im Grunde ja eigentlich mit allen Erfahrungen so, man muss nur genau genug hinsehen.

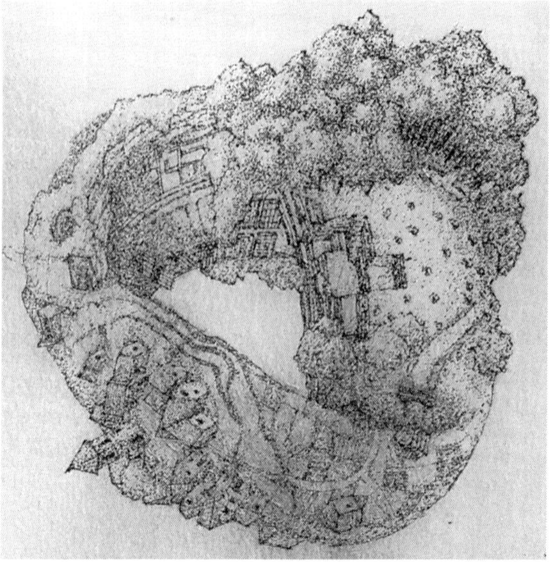

Abbildung 6: Moritz Garbe - Puyuelo. „*Ein gefällter Baum ist immer noch ein Baum. Schlägt man ihm die Äste ab und entfernt die Rinde, verwandelt sich der Baum in einen Balken. Die Transformation der Umwelt in Rohstoffe ist das Bindeglied zwischen Kultur und Natur.*" Mit freundlicher Genehmigung des Künstlers.

Jedenfalls war Aaron heute aufgewacht, die Sonne hatte geschienen – Aaron sah zwar nur auf die gegenüberliegende Hauswand und in die zugestellte Küche der alten kränklichen Dame gegenüber, aber er hatte die Helligkeitsgrade in seinem nie von der Sonne direkt beleuchteten Studierkämmerchen entsprechend einzuordnen gelernt, was entgegen jeder vorschnellen Annahme keine leichte Aufgabe war – am Vorabend hatte er gerade Sigmund Freuds Traumdeutung mit seinen abschließenden Notizen versehen und so gedachte er, sich heute in den frühen Morgenstunden eine kleine Leseauszeit herauszunehmen. Er wollte heute in der Bäckerei am Arnulfsplatz – nicht Ebner, nicht Schifferl, nein: Müller – einen Becher Kaffee sowie eine Quarktasche erstehen und sich zusammen mit seiner Marihuanazigarette unter die alte Linde setzen, die seit mindestens 200 Jahren direkt am Donau-Ufer dem Himmel entgegenwächst.

Da diesem Plan am heutigen Tage nichts anderes im Wege stand, zog er sein Gewand an, schlüpfte in seine Schuhe, die ihm bereits vom ersten Tag an das Spazierengehen besser denn je haben ergehen lassen, warf sein schwarzes, samtenes Jackett über, das ihm, wie er sich einredete, Würde verlieh und schlenderte mit Kopfhörern auf den Ohren die Gassen entlang. Kopfhörer, dachte Aaron, man braucht gute Kopfhörer, denn Musik war wichtig, war sehr wichtig. Ja wenn er so recht überlegte, war ihm Musik schon immer ein Sortierer, ein Einordner, ein Aufräumer, war ihm jedes Lied, jeder Song, jeder Track ein kleines Werkzeug, mit dem er Gedanken justieren konnte, mit dem er an so mancher Stelle einen Wegweiser zu hören glaubte, um es zunächst nur bei den kürzeren Stücken zu belassen. Was hörte Aaron nicht alles an Musik und was ein Segen war nicht das Internet für all diejenigen, die sich darauf verstanden, Musik zu hören.

Für wenige Euros im Monat[16] konnte man nun auf ein unerschöpfliches Kontingent aller Genres, Interpreten und Künstler zurückgreifen oder besser zurücktippen, denn mehr Anstrengung bedurfte es gar nicht, um an all die Stunden und Tage und Monate und Jahre an Arbeit heranzukommen, die sich hinter jedem Song, hinter jedem Album, hinter jedem Künstler verbargen.

Früher war allein das Hören neuer Musik eine Sache, die expliziter Planung bedurfte, für die mindestens ein halber Tag eingeplant werden musste, für die Buspläne studiert werden mussten, für die ein Rucksack mitgenommen werden musste, und natürlich das wenige Taschengeld, das wir dann gegen das Gehörte eintauschten, wenn wir es denn noch einmal hören wollten. Mit den wenigen Radiosendern, die ihm vertraut waren und von denen er dachte, sie seien der Großteil der verfügbaren, hatte Aaron damals nämlich so ähnliche Schwierigkeiten gehabt, wie mit vielen Gesellschaften: Nach

---

16 Der Goldstandard war hier *Spotify*, ein Musikstreamingdienst der tragischerweise den Konsumenten eine günstige Tür öffnete und die Künstler am ausgestreckten Arm verhungern ließ. Die wenigen Alternativen hatten nicht mehr den *First-Mover*-Vorteil und konnten den Riesen also auch nicht mehr einholen. Das spiegelte sich dann auch in der Größe der jeweils verfügbaren Mediathek wider, die nirgends das Niveau von Spotify erreicht hat. Aber so war das in dieser Zeit. Manch einer mag hier vielleicht an Marx *Kapital* denken, und den privat besessenen Maschinenpark auf digitale Infrastruktur erweitern – und wahrscheinlich wird man mit dem Gedanken in erster Annäherung gar nicht so verkehrt liegen.

ein oder zwei Mal Hören stellt sich der nicht mehr verschwindende Eindruck des Wiederkäuens ein, was auch nicht überrascht, wenn man erst einmal verstanden hat, wie die Musikauswahl zustande kommt: Hörer werden befragt, ob ihnen diese neue Nummer oder jene alte Nummer besser gefalle, und so macht die Zuhörerschaft das, was eigentlich ein Connaisseur der Musik, den man doch eigentlich im Radio erwarten darf, macht. Kurzum: Das Radio war damals alles andere als ein Medium, mit dem man das Wiederkäuen hinter sich lassen konnte, also fuhr man mit dem Omnibus in die nächste Stadt und ließ sich im Drogeriemarkt Müller, der über eine große Musikabteilung verfügte, Compact Discs in einen CD-Spieler einlegen, denn das durfte man natürlich nicht selbst machen. Nein, hierfür arbeiteten in der damals von Aaron besuchten Filiale zwei Menschen, die sich selbstverständlich auch allen anderen Aufgaben eines derartigen Geschäftes widmeten.

Verdächtig für ihn waren all diejenigen, die sich genauestens in einem mehr oder weniger abgegriffenen Genre verorteten – Rock, Metal, Klassik und dergleichen mehr. Ihm kam das immer ein wenig kindlich, grobschlächtig, zurückgeblieben vor, so als würde ihm jemand erzählen, dass er heute noch Sport machen werde. Geht er denn Laufen, Radfahren oder Skateboarden, geht er ins Fitti, an die Boulderwand oder auf den Tennisplatz, schossen ihm dann immer die Fragen durch den Kopf. Aus der Nase herausziehen, warum denn immer aus der Nase herausziehen? Als wäre dem

Gegenüber vor den Kopf gestoßen, wenn er mit Tennis oder Radfahren, mit den Beatles oder Slayer konfrontiert würde. Ist es die Angst, einen unverbindlichen, missfälligen Kommentar zu ernten, der am persönlichen Fundament knabbert, da deren Musik bereits intim ist? Was hier helfen würde, wäre Beweglichkeit, wäre Wachstum, sodass der Brunnen, aus dem geschöpft wird, unerschöpflicher würde. Es ließ sich jedenfalls nicht ausschließen, dass jene Menschen noch nicht mitbekommen haben, dass Erwachsene in Gesprächen und im Denken eine Entwicklung vollziehen können. Sie wachsen in aller Regel, so viel darf mit Sicherheit behauptet werden. Immer schön heraus mit der Sprache, feldwebelte es durch Aaron, heraus aus den Wortsackgassen, heraus aus den dead ends. Tot sind die nämlich.

Wie dem auch sei, zurück zur alten Musikbeschaffung: Dass bei einem solchen Prozedere der Raum für anderes schmäler wird, sollte einleuchten, und so freute sich Aaron nun darüber, dass er seinen Spaziergang, sein Frühstück und seine Marihuanazigarette – in dieser Reihenfolge – genießen konnte, alles begleitet von seiner Favoritenliste, die er in Momenten der Sammlung und Reflexion sehr gerne hörte[17] – und hier muss das Radio insofern entlastet werden, als dass auch Aarons Ohrenschmaus ein Wiederkäuen war, wenn auch nicht eines, das seit 30, 40 und 50 Jahren andauerte,

---

[17] Der interessierte Leser sei auf die Playlist *Beutels Gold* auf Spotify verwiesen.

sondern eines, dass ein fast organisches Wachsen und Zuschneiden, ja ein Evolutionieren auszeichnete und nun also doch nicht länger als Wiederkäuen zu verstehen ist. Und wieder beißt sich die Schlange in ihren Schwanz, wieder schließt sich ein Kreis, wieder hatte Aaron doch eigentlich nichts gedacht, jedenfalls nichts Produktives – was immer das auch sein sollte.

„Guten Morgen", hallte es Aaron stumpf durch seine Ohrmuscheln entgegen.

Das musste die Bäckerin gewesen sein, dachte er sich, nahm die Kopfhörer ab, grüßte freundlich zurück und begann routiniert das Einkaufsspiel – ich hätte gern etc. Ein einziges Wiederkäuen von Gesprächsabläufen, auf beiden Seiten der Theke wohlgemerkt. Zum Glück haben sie noch eine der köstlichen Quarktaschen, dachte Aaron bei sich. Er sparte sich auch nur den kleinsten Schlenker, die kleinste Pirouette und marschierte schnurstracks aus dem kleinen, neben den moderneren Geschäften etwas aus der Zeit gefallenen Laden und setzte sich wieder seine Kopfhörer auf. Nach Reden war ihm gerade wohl nicht.

Es sind gerade einmal vierhundert Meter hinab zur alten Linde, vorbei am *goldenen M*, wie sich der wohl am weitesten verbreitete Schnellimbiss im Herzen von Regensburg nannte[18], vorbei an schicken, vegan-hippen Restaurants auf

---

[18] Erst kürzlich mussten sich die Passanten darüber gewundert haben, dass nun wohl tatsächlich Schluss ist mit dem McDonalds am Arnulfsplatz. Man

der linken Seite, vorbei an einem der schönen Programmkinos der Altstadt, vorbei an einem Glasatelier, bei dem Aaron schon öfters der Gedanke in den Sinn kam, wer sich diese zwar schönen aber irgendwie nichtssagenden Gegenstände in seine Wohnung stellte, vorbei an einer der selten anzutreffenden, heruntergekommenen Fassaden auf der linken Seite. Aber dennoch gerieten seine Gedanken in einige Unruhe über eine Frage, die ihm doch gestern auf seltsam naive Weise gestellt worden war, die aber spätestens seit den 90er-Jahren auf so viel Erkenntnisgewinn zielt, wie die Frage nach dem Hersteller des Smartphones, das nun eben die Musik abspielt – wir sparen uns an dieser Stelle eine irgendwie geartete Quantifizierung und belassen es bei der Anmerkung, dass der Erkenntnisgewinn überschaubar bleibt. Die Frage, genau, die Frage lautete: „Und was hörst du für Musik?"

Warum Aaron darauf so in Erregung geriet? Nun, es ist so: In dem begrenzten Gesprächsrahmen, der aus unterschiedlichen Gründen – Aufmerksamkeit des Zuhörers, Kenntnisstand im Musikgeschehen, Ausdifferenzierung des Musikgeschmacks des Gegenübers, etc. – oft nun einmal begrenzt ist, reicht es höchstens für das Auflisten der bekann-

---

darf gespannt sein, wer hier sein Erbe antreten wird. Starbucks würde sich gut machen, dann würden nun auch endlich die alteingesessenen Bäckereien im Konkurrenzgefälle auf der Strecke bleiben, auf kurz oder lang, alles zugunsten der Massenkultur, der Einheitskultur.

teren Interpreten, die dem Gegenüber wiederum in den meisten Fällen unbekannt sein werden – nicht weil der Musikgeschmack exklusiv ist, sondern weil es sehr viel Musik gibt und also der Musikgeschmack per definitionem speziell wird, wenn man denn Musik hört. Dennoch will das Gegenüber den Eindruck vermitteln, er oder sie würde verstehen, wovon man spricht, obwohl nach recht kurzer Zeit klar wird, dass die von ihm verwendete Sprache zwar dem Klang nach an Deutsch erinnert, dem Inhalt nach jedoch höchstens bruchstückartig beim Gegenüber ankommt. Nicht, dass Aaron seine Zunge absichtlich derart codiert, nein, aber der Gegenstand, den er seit Jahrzehnten in mühsamer Kleinarbeit erforscht und also Musik hört, gebietet nun einmal eine etwas differenziertere Sprache, ja, die Entwicklung der Musiklandschaft unterliegt demselben exponentiellen Wachstum wie die der Bevölkerung – aus einer Handvoll Genres haben sich inzwischen ebenso viele Genres entwickelt wie es Interpreten gibt. Und was gibt es nicht Künstler, die Musik machen. So kommt man nach diesem kurzen Gedanken darauf, dass diese Frage unmöglich ernst gemeint sein kann oder vielleicht nur dann ernst gemeint sein kann, wenn der Fragende eben keine Musik hört, ja vielleicht noch nie wirklich Musik gehört hat – ein schauerlicher Gedanke, wie sich Aaron nun dachte. Jedenfalls wäre die Grundrichtung des Gesprächs eine, die sich recht schnell der Nulllinie annähern würde und das wollte Aaron in Gedenken an die Musik als solche tunlichst vermeiden. So dachte es in Aaron, während er mit seinem Kaffee links und seiner Quarktasche rechts auf die Promenade abbog und sich an den Fuß der alten Linde setzte.

Gerade in jenem Moment bescherte ihm die Willkür des Zufallsgenerators ein Lied, das ihn in misanthropischen Momenten schon oft den entscheidenden Impetus eingab, wenn auch derer Momente weniger geworden waren: „Zuflucht in Pflanzen“ sang ihm die sympathische Frau ins Ohr.

Die Quarktasche, ja, Aaron tauschte ja vor wenigen Minuten sein Münzgeld gegen eine Quarktasche ein. Es bedarf an dieser Stelle keines weiteren Kommentars, denn es dürfte klar sein, dass die Quarktasche, gerade die Quarktasche der Bäckerei Müller, die beste weit und breit war. Die Kombination aus Milch, Fett, Zucker und Mehl – ja, an besonderen Tagen erlaubte sich Aaron eine derartig dekadente Schlemmerei. Nur das Genießen der selbigen fiel ihm heute schwer. Was ihm beim ersten Bissen zumeist noch gelang, wurde von seinem irgendwie sich verselbstständigenden Kauapparat zunichtegemacht – den Mund voll haben, möglichst beim Beißen die Quarktasche links und rechts der Kauleisten in die Backen hineingedrückt bekommen, sodass alle Geschmacksrezeptoren auf einmal adressiert würden – so oder so ähnlich musste es die Evolution angelegt haben. Wie dem auch sei: Die Quarktasche war weg. Den Kaffee hingegen sparte er sich als Garnitur für die Marihuanazigarette auf, die bereits brennend in jener Hand sich befand, die noch eben von der Quarktasche besetzt war.

Cannabis gehörte im Übrigen zu einer seiner liebsten Pflanzen. Er schätzte sie nicht nur wegen ihrer einzigartigen physiologischen Wirkung – insbesondere die relaxierende Kraft des Cannabidiols in Kombination mit der leicht psychedelischen Note des Tetrahydrocannabinols – ihm gefiel ebenso ihr Geruch und auch insgesamt ihr Erscheinungsbild, ganz zu schweigen von ihrem viele Jahrtausende währenden Einsatz – die Archeochemie, wie sich Aaron kürzlich hat unterrichten lassen, verspricht hier in der Spurensuche noch so manches ans Tageslicht zu befördern, und so tat sie es zuletzt, als ein Forschungsteam im Fruchtbaren Halbmond eine Grabstätte mit Cannabisrückständen fand, die auf schätzungsweise 700 vor Christus datieren.[19]

Und nun war es bei Aaron so weit. Unmerklich, wie so

---

19 Die mit am umfangreichste Spurensuche der psychedelischen Berauschung an den ´Anfängen der Kultur´ hatte zuletzt Brian Muraresku mit seinem *Immortality Key* vorgelegt. Laut Muraresku konnten psychedelische Überreste in Gefäßen aus einer türkischen Ausgrabungs-stätte (Göbekli Tepe) gerettet werden, die auf 7000 v.Chr. datieren. In seinem empfehlenswerten Buch bildet dieser historische Fund nur die Spitze des Eisbergs. Er identifiziert darin Jesus Christus mit dem altgriechischen Gott Dionysus und vertritt demnach die These, dass das Christentum eine Drogenreligion ist. Der Ursprung vieler, wenn nicht aller Religionen hängt, soweit wir es einsehen können, mit der rituellen Anwendung diverser bewusstseinsverändernder Tinkturen, Gebräuen und Balsamen zusammen, auch wenn dieser entscheidende Teil der Kultur- und Religionsgeschichte selten gelehrt wird. An dieser Stelle soll Joe Rogan besonderer Dank zukommen, ohne dessen Podcast – Joe Rogan Experience – wir wohl nicht auf Muraresku Werk gestoßen wären.

oft, hatten jene beachtenswerten Moleküle seine Rezeptoren langsam befüllt, genauso wie sie die Rezeptoren von dem in der Grabstätte befindlichen Herren vor mehr als zweieinhalbtausend Jahren bereits befüllt hatten – erstaunlich, dass die Natur uns mit mindestens zwei unterschiedlichen Cannabinoidrezeptoren ausgerüstet hat, dachte sich Aaron nun. Aus welchem Grund? Damit die Pflanze uns das ihrige mitteilen kann? Damit wir einen Grund haben, sie zu kultivieren? Und ist es der Pflanze in irgendeinem Sinn klar, dass sie eben so und nicht anders wirkt?

Für Aaron gab es viele Gründe, einen weiteren Zug zu nehmen, bevor er den Stummel in sein leeres Pillendöschen packte – Zigaretten auf den Boden zu werfen, versetzte ihm schon seit geraumer Zeit eine gedankliche Ohrfeige. Die Frage, von wem diese Ohrfeige kommt, müssen wir, ähnlich wie die frühere Frage nach dem Auftraggeber für den gesamten Tagesplan, verschieben, und so hoffen wir, später wieder darauf zurückzukommen. Jedenfalls schätzte er die auditive Reizsteigerung – ja, Musikhören im Allgemeinen war unter dem Einfluss von Cannabis eine sehr viel lohnendere Beschäftigung – und auch Berührungen wurden von dieser schönen Pflanze verstärkt, was insbesondere den Vergnügungswert beim Lustspiel erhöhte. Auch der Geschmacksinn wird schärfer gestellt, eine Beobachtung, die sicherlich niemand mit Sachkenntnis infrage stellen würde. Die Reizverstärkung dreier Sinne also, geht jedoch mit der Überreizung des Sehsinns einher, was sich in trockenen Augen und Lichtempfindlichkeit ausdrückt. So kann man auch hier sagen, dass das Gefallen auf der einen Seite durch ein Missfallen auf der anderen Seite wieder ausgeglichen ist und man eigentlich sagen kann, dass man für alles einen Preis zu bezahlen hat.

Aaron war jedenfalls bereit, diesen Preis zu bezahlen. Schließlich kam es ihm häufig so vor, als würde er im Gegenzug, neben jenen geschärften Sinnen, bewussteren Zutritt zu den Mysterien seines Unbewussten zu bekommen, als es im Traum gestattet war. Und wieder müssen wir hier auf den Unterschied zwischen geschärften Sinnen und den kurz nach der sinnlichen Wahrnehmung anhebenden Mysterien, die sich in unseren Hirnwindungen zutragen, verzichten, auch wenn nun vielleicht der Eindruck entstanden ist, dass es überhaupt zwei unterschiedliche Dinge sind, von denen wir hier in aller Kürze gesprochen haben. Vielleicht nehmen es unsere Sinne auch jedes Mal gleich auf, nur hören wir im geschärften Modus eher hin als im ungeschärften.

Für Aaron war der Fall klar: Er gab seinem Körper, seinem Biotop einen anderen Reiz, einen anderen Kontrapunkt, mit dem sich seine Gedanken equilibrieren mussten, an denen sich seine irgendwie sich selbstständig gemachten Gedanken abarbeiten mussten, so als würden durch seine Synapsen mehr Informationen fließen, so als wären die Ventile seiner Synapsen weiter aufgedreht worden.

Das macht Sinn, dachte sich Aaron nun, deshalb schlägt

die Musik eben auch weitere Kreise in seiner Schaltzentrale, ja, der Reiz versiegt nicht nach dem ersten ausgeleierten synaptischen Spalt, sondern kommt mit so viel Druck an, dass er durch die nächste und die nächste und die nächste Nervenbahn hindurch gepumpt wird. Bei Ernst Jünger hatte er zuletzt gelesen: *Der Geist wird sofort in jenen träumerischen Zustand versetzt, in dem er bald bis zu dem völligen Hellsehen gelangen soll, wo er dann einen neuen Zusammenhang der Phänomene der Welt gewahrt, und zwar einen solchen, den er mit dem Auge des gewöhnlichen Wachens nicht gewahren kann ...*[20]

Lange hatte Aaron mit sich gehadert, ob er von den zahllosen Songs und Tracks erzählen wollte, denen er hier an jenem ungewöhnlichen Vormittag lauschte, denn ohne das tragende Substrat der eigentlichen Musik kann schließlich auch kein Liedtext gedeihen, so sein Gedanke. Aber vielleicht klappt es ja dennoch, als Lyrik in gewissem Sinne. Auch die Brotkrumen einfordernden und daher um ihn kreisenden Möwen, die am rauschenden Ufer des großen europäischen Stroms ihre Zeichen in die Luft malten, machen hier im erlebten Moment etwas anderes mit ihm, als die bloße geschriebene Beobachtung, und doch lassen sich Muster erkennen, zwar verblasste, aber doch vernehmbare. So entschied

---

[20] Dieses Zitat findet sich in Ernst Jüngers sagenhaften *Annäherungen*, der darin seinerseits den französischen Lyriker Charles Baudelaire zitiert hat. Die Reichweite von Jüngers Schriften lässt sich wohl selbst von den Propheten noch nicht abschließend eingrenzen.

sich Aaron also, als Kontrastprogramm zu dem, was er gerade beobachtete, einfach das in jenem Moment laufende Lied hier zum Besten zu geben.

„Geboren wirst du in dunkler Nacht,
Ein Wolkenbruder, der hoch oben lacht.
Aus Erdenwasser bist du gemacht,
Weißt du noch, war es eine Schlacht?
Ist unten mehr, mehr als ein Schacht?
Und wofür braucht es all die Fracht?
War dort einer, der über dich wacht?
Langsam nach unten, hast du gedacht?
Dicht das Getöse, spürte ich einst,
Nicht gesehen, du meinst.
Heureka, du schreist,
Weiß zu sein, du schneist?
Siehst du das Licht in fallender Zukunft?
Brüder und Schwestern, alle aus meiner Zunft,
Warten und freuen sich auf die Gunst,
Sichtbar zu werden, zu werden wie Kunst,
Als wären sie auf kurze Sicht,
Wie tanzende Schneeflocken im Licht.
Komm auf, oh Wind, und nimm mich mit,
Kurz und wild soll es sein, wie bei einem Ritt,
Weit zum Licht und kurz heraus: ein Schritt.
Du wirst schwinden, die Form verlieren,
Vorbei der Tanz und auch das Frieren.
Hab keine Angst, lang wird es nicht währen,

Die Sonne wird dich bald neu gebären."

Kapitel 7 - Entschieden durch Türen

„Subjektiv veranlagte Persönlichkeiten neigen (…) zur Überschreitung ihrer eigenen Grenzen, sie projizieren sich selbst in die Welt.“[21]

Lorraine Daston & Peter Galison in *Objectivity*

Aber wohin, dachte es ein weiteres Mal in Aaron, wohin nur gehen mit diesem Leben? Es verhält sich ja nicht so, dass Aaron noch nirgends hingegangen wäre, vielmehr war er bereits an vielen Orten, in vielen Ländern und auf vielen Kontinenten gewesen, im Geiste kam es ihm mitunter so vor, als wäre er auf anderen Planeten, in anderen Sonnensystemen, ja vielleicht sogar schon in anderen Galaxien gewesen. Auch verhält es sich nicht so, dass Aaron bei null anfangen müsste. Offenbar hatte es ihm der wahnwitzige Zufall eingebracht, dass er im Süden Deutschlands in die Welt geworfen wurde – von einem deutschen Paar, das sich auf ebenso wahnwitzige Weise Hals über Kopf in das hineingestürzt hat, was wir gemeinhin als Liebesbeziehung bezeichnen, ohne so recht zu wissen, was das denn eigentlich ist. Und auch diese, seine Eltern wurden hier lediglich hineingeworfen, ganz zu

---

[21] Unsere Übersetzung.

schweigen von seinen Großeltern und Urgroßeltern. Hier merkt man dann auch, dass die Aufzählung so noch über Hunderte und Tausende von Seiten weitergehen könnte – aber wen würde das wirklich interessieren?

In jedem Fall erschienen Aaron die ihm höchstens flüchtig bekannten Orte und Länder und Kontinente als lächerlich im Vergleich zur Gesamtheit aller Orte und Länder und Kontinente. Und ebenso wie es sich mit den geografischen Orten verhält, verhält es sich mit allen anderen Domänen dieses irrwitzigen Lebens: Beruf oder kein Beruf, wenn Beruf, welcher, mit Menschen oder ohne, lukrativ oder sinnstiftend, ist beides möglich? Wo überhaupt leben – in Deutschland, ländlich oder doch in einer dieser Städte, im Süden mit Bergen oder im Norden mit Meer, in einem warmen Land, in einem mit schwächerem Leviathan? Wie leben – in Isolation oder doch mit Menschen, mit welchen Menschen, welches Lebensmodell – eine Kommune, eine heile Familie, ein Eremit – sortiert und aufgeräumt oder chaotisch und unausschöpflich? Gutes tun, auf die Gefahr hin, enttäuscht zu werden, gar nicht erst glauben, dass Ungutes bekämpfbar wäre, sondern dass es vielmehr als konstitutive Eigenschaft mindestens der ganzen Erde eingeschrieben ist und also eine Art Unveränderliche ist? Wenn Gutes: Wo – im Staat, also in der Politik, denn es sind doch Staaten, die Entscheidungen für Millionen ja Milliarden treffen, in den Wissenschaften, denn von diesen werden Staaten doch informiert, in den Künsten, in Glaubenssystemen, einfach eine Ameise sein, die ihren Teil zum

System beisteuert? Funktioniert das System überhaupt, ist das System zu retten und überhaupt: Muss das System gerettet werden? Ist es nicht sinnvoller, das System zu dekonstruieren, am besten schnell zu dekonstruieren, das System von Grund auf neu aufzubauen? Und ist ein System überhaupt nötig? Glücklich sein? Mächtig sein? Reich sein? Alles zu hoch gegriffen? Zufrieden sein? Eine kleine Oase aufbauen? Helfen? Wenn all diese Fragen nicht im Ansatz geklärt sind: Wie sollte Aaron und mit ihm mindestens eine ganze Generation eine Entscheidung treffen können?

Vorerst wusste er, dass er auf das Gros dieser Fragen keine Antwort geben konnte, vorerst wusste er, dass er zu wenig wusste, dass ihm zu wenig bekannt war, kurz: dass seine Wissens- und Erfahrungsbasis zu begrenzt war, um hier zu einer abschließenden und also wegbestimmenden Entscheidung kommen zu können. Und so blieb Aaron ein weiteres Mal nichts anderes übrig, als unentschieden zu bleiben, sich von vorschnellen Meinungen weiterhin fernzuhalten, vielmehr alles in Erwägung zu ziehen oder zumindest fast alles, denn einige wenige Dinge verstand er glücklicherweise bereits. Und außerdem heißt es in einer alten Redensart aus seiner Heimat, dass derjenige, der für alles offen ist, nicht mehr ganz dicht sein kann.

Eine Stelle, an der Aaron nun allem Anschein nach dicht war, war, dass er zur Tür ging, wenn es klingelte – genau wie in diesem Moment. Und so beobachtete sich Aaron nun also dabei, wie er zurück in sein materielles Artefakt kroch, um selbiges aus seinem Hängestuhl heraus zu bewegen, um schließlich dem Postboten die Tür zu öffnen. Neben den gewöhnlichen Paketannahmen für den konsumsüchtigen Darüberwohner, der dem Anschein nach ohnehin nie daheim ist, um seine Pakete zu öffnen, war der Postbote auch so freundlich, ihm ein Paket auszuhändigen. Was genau sich hinter dem blickdichten Karton verbergen würde, wusste Aaron zwar nicht, doch die Erfahrung lehrte ihn, dass es sich dabei häufig um Bücher handelte – denn das gehört auch zu den wenigen Dingen, die Aaron wusste: Lesen ist gut, Lesen ist auch gefährlich, Lesen half ihm dabei, seine Fragen zu beantworten, und diese mussten beantwortet werden, wenn er denn eines Tages eine Entscheidung treffen wollte, die sein Leben in eine bestimmte Richtung lenken soll, aber: vor allem wusste er, dass Lesen gut war, dass Lesen wie Tore waren, hinter welchen neue Horizonte, neue Möglichkeiten, neue Perspektiven und – der Leser möge Aaron diese Hybris verzeihen – ja ganze Leben sich auftürmten. Mit der Zeit beginnt sich der Klang der Zeit bemerkbar zu machen, mit der Zeit entwickelt sich ein Gespür für Lebensrhythmus, für Dramaturgie auch und Wohlklang, mit der Zeit dann bildet sich Geduld aus. Ja, das Lesen brachte ihm wohl letztlich die nötige Ruhe, um selbst einen Gedanken zu entwickeln, um selbst eine innere Welt herauszuklopfen.

Urplötzlich verschaffte sich eine viele Jahre vergangene

Erinnerung Zutritt in Aarons Bewusstsein, über dessen Auslöser er wohl noch einen Morgen grübeln werden müsse, in etwa so, wie er über seine Großen Träume[22] gelernt hatte zu grübeln – in aller Kürze dürfte die Kette etwa so sein: Postbote – Tür – Buch. Die Erinnerung, genau, die Erinnerung entfaltete sich in Form eines kurzen, bewegten Bildes zu Kafkas Binnenerzählung der Türhüterlegende[23], die wir uns erlauben in vollem Umfang zu zitieren: *Vor dem Gesetz steht ein Türhüter. Zu diesem Türhüter kommt ein Mann vom Lande und bittet um Eintritt in das Gesetz. Aber der Türhüter sagt, daß er ihm jetzt den Eintritt nicht gewähren könne. Der Mann überlegt und fragt dann, ob er also später werde eintreten dürfen. ›Es ist möglich‹, sagt der Türhüter, ›jetzt aber nicht.‹ Da das Tor zum Gesetz offensteht wie immer und der Türhüter beiseitetritt, bückt sich der Mann, um durch das Tor*

---

22 Laut Ann Shulgin, Autorin von PiHKAL und TiHKAL, bezeichnete Carl Gustav Jung mit den *Großen Träumen* die wichtigsten Träume im Leben eines Menschen. Es seien die Träume, nach denen man wach wird und über Tage und Wochen nicht aufhören kann, darüber nachzudenken.

23 Die Türhüterlegende findet sich in Kafkas Frühwerk *Der Prozess*. Kafka gehört zu einer bestimmten Fraktion von Schriftstellern, die die Demut mit Löffeln gefressen zu haben scheinen, und es lässt sich wohl kaum jemand vorstellen, der nicht von der Lektüre seines Werks profitieren würde. Wem lesen von Klassikern zu anstrengend sein sollte, kann auf die gleichnamige Romanverfilmung aus dem Jahr 1962 von Orson Welles zurückgreifen, der es versuchte, Kafka ein Denkmal auf der Leinwand zu setzen.

in das Innere zu sehen. Als der Türhüter das merkt, lacht er und sagt: ›Wenn es dich so lockt, versuche es doch, trotz meinem Verbot hineinzugehen. Merke aber: Ich bin mächtig. Und ich bin nur der unterste Türhüter. Von Saal zu Saal stehen aber Türhüter, einer mächtiger als der andere. Schon den Anblick des dritten kann nicht einmal ich mehr vertragen.‹ Solche Schwierigkeiten hat der Mann vom Lande nicht erwartet, das Gesetz soll doch jedem und immer zugänglich sein, denkt er, aber als er jetzt den Türhüter in seinem Pelzmantel genauer ansieht, seine große Spitznase, den langen, dünnen, schwarzen, tartarischen Bart, entschließt er sich doch, lieber zu warten, bis er die Erlaubnis zum Eintritt bekommt. Der Türhüter gibt ihm einen Schemel und läßt ihn seitwärts von der Tür sich niedersetzen. Dort sitzt er Tage und Jahre. Er macht viele Versuche, eingelassen zu werden und ermüdet den Türhüter durch seine Bitten. Der Türhüter stellt öfters kleine Verhöre mit ihm an, fragt ihn nach seiner Heimat aus und nach vielem anderen, es sind aber teilnahmslose Fragen, wie sie große Herren stellen, und zum Schlusse sagt er ihm immer wieder, daß er ihn noch nicht einlassen könne. Der Mann, der sich für seine Reise mit vielem ausgerüstet hat, verwendet alles, und sei es noch so wertvoll, um den Türhüter zu bestechen. Dieser nimmt zwar alles an, aber sagt dabei: ›Ich nehme es nur an, damit du nicht glaubst, etwas versäumt zu haben.‹ Während der vielen Jahre beobachtet der Mann den Türhüter fast ununterbrochen. Er vergißt die anderen Türhüter, und dieser erste scheint ihm das einzige Hindernis für den Eintritt in das Gesetz. Er verflucht den unglücklichen Zufall in den ersten Jahren laut, später, als er alt wird, brummt er nur noch vor sich hin. Er wird kindisch, und da er in dem jahrelangen Studium des Türhüters auch die Flöhe in seinem Pelzkragen erkannt hat, bittet er auch die Flöhe, ihm zu helfen und den Türhüter umzustimmen. Schließlich wird sein Augenlicht schwach, und er weiß nicht, ob es um ihn wirklich dunkler wird oder ob ihn nur die Augen täuschen. Wohl aber erkennt er jetzt im Dunkel einen Glanz, der unverlöschlich aus der Türe des Gesetzes bricht. Nun lebt er nicht mehr lange. Vor seinem Tode sammeln sich in seinem Kopfe alle Erfahrungen der ganzen Zeit zu einer Frage, die er bisher an den Türhüter noch nicht gestellt hat. Er winkt ihm zu, da er seinen erstarrenden Körper nicht mehr aufrichten kann. Der Türhüter muß sich tief zu ihm hinunterneigen, denn die Größenunterschiede haben sich sehr zuungunsten des Mannes verändert. ›Was willst du denn jetzt noch wissen?‹ fragt der Türhüter, ›du bist unersättlich.‹ ›Alle streben doch nach dem Gesetz‹, sagt der Mann, ›wie kommt es, daß in den vielen Jahren niemand außer mir Einlaß verlangt hat?‹ Der Türhüter erkennt, daß der Mann schon am Ende ist, und um sein vergehendes Gehör noch zu erreichen, brüllt er ihn an: ›Hier konnte niemand sonst Einlaß erhalten, denn dieser Eingang war nur für dich bestimmt. Ich gehe jetzt und schließe ihn.‹

Welcher Türhüter sich ihm vor seiner letzten Bücherbestellung in den Weg gestellt hatte, wusste er nicht mehr, wobei sich Aaron im Großen und Ganzen glücklich zu schätzen wusste, schließlich war ihm das Muster der Selbstüberwindung und also das Muster der Türhüterpassage bereits in Fleisch und Blut übergegangen, und so scheint ihm nun in erster Linie die knappe Lebenszeit mit all den daran hängenden Entscheidungen der primäre Türhüter zu sein. Ja, institutionalisierte, vergesellschaftete, indirekte Türhüter sind es, die im Allgemeinen einem die Zeit stehlen, ob das nun lästige Bürokraten, überflüssige Lohnarbeit oder ewige Wiederkäuer waren. Daneben schien es einen ganzen Zoo unterschiedlicher Blender zu geben, welche behaupten, Türhüter zu sein, die sich jedoch bei genauerem Hinsehen als Toilettensitze entpuppen, also buchstäblich für den Arsch waren.

Aaron folgerte aus dem Ganzen, dass man erstens wissen sollte, wie man seine Zeit zusammenhält, und zweitens, dass man unterscheiden können muss zwischen Orten, an denen man kackt, und Orten, an denen es Türen gibt.

Nun war Aaron durchaus klar, dass er wohl keine wirklichen Türen bestellt hatte, die man einbauen und danach hindurchlaufen kann, mit seinem Körper – die würden wohl auch nicht in den Karton passen, den er im Begriff war aufzureißen. Wir wollen dennoch Franz Kafka zuliebe im Bild des Türhüters bleiben und also das Resultat einer von Aarons manischen Bestellorgien genauer betrachten:

Abbildung 7: Moritz Garbe – Steinerne Brücke. *„Psychedelika können dazu führen, dass erkannte und verinnerlichte Muster die Realität überlagern. Diese Zusammenwürfe sind wohl oft zufällig und erscheinen dem nüchternen Verstand eher chaotisch. Aber sie generieren Neues und ein Mensch mit definiertem Geschmack weiß etwas damit anzufangen.“* Mit freundlicher Genehmigung des Künstlers.

Foucaults Ordnung der Dinge, Jonas´ Prinzip Verantwortung und als Urlaubslektüre eine kostbare Zweitausgabe von Thomas Manns Zauberberg.

Türen kann man nie genug haben, dachte sich Aaron und zuckte mit den Schultern, halb mit sich selbst redend, halb seine Tasse Tee über den Korridor navigierend.

Kapitel 8 - Bitte orientieren Sie sich

„Der Wanderer verschmachtet in der Wüste, entweder weil sein Wissen oder weil sein Durst nicht genügte."

Ernst Jünger in *Drogen und Rausch*

Beizeiten kam es Aaron so vor, als seien die Fragen, die Regungen, die Subtilien, die in seinem Kopf sich entwickelten, sich ausbreiteten, sich mal aufdrängten, gar brüllten, sich mal anschlichen und beim Ertappen sich sogleich wieder versteckten, ja gewissermaßen vor ihm davon liefen, Auswüchse seines inneren Chaos, das in Anbetracht der Geschwindigkeit, mit dem sich dieses Spektakel entfaltete, eine zum Scheitern verurteilte Aufräumaufgabe war. Wo das herkam, pflegte sich Aaron dann häufig zu fragen, wer das machte und wofür, und was diese oder jene Strömung oder Wallung nun zu bedeuten hatte: War es das Mädchen, das ihn heute angelächelt hatte oder dessen desinteressierte Mutter, war es der Geruch des dampfenden Früchtepunschs oder seine Lektüre, die ihn heute wieder in seinem Studierkämmerchen in die Tastatur schlagen ließ?

Einerlei, fing sich Aaron nun wieder selbst ein, indem er sich aus seinem nur mehr knarzenden Hängestuhl erhob und sich dabei sprechen hörte: „Trau keinem Gedanken, der im

Sitzen kommt."[24] Also lief er den Rand seines Perserteppichs ab, so als würde die Begrenzung des Teppichs gleichzeitig Begrenzung für seine wild durcheinander fliegenden Gedanken sein. Der vier Meter lange Teppich war es auch, der seinen Schreibtisch mit seinem Hängestuhl verband, sodass er den hellen Holzboden nicht zu berühren brauchte, wollte er an seinen Arbeitsplatz direkt am Fenster wechseln.

Abbildung 8: M. Halder, *Studierkämmerchen.*

[24] Dieser Aphorismus findet sich in Nietzsches autobiographischen *Ecce Homo*.

Die Wallungen jedenfalls vom letzteren Typus – Mädchen, Mutter, Früchtepunsch – waren genauso unzählig wie überflüssig. Sie beziehen sich auf einen winzigen und aberwinzigen Nebenschauplatz, der das Maß deren Relevanz markiert: keines. Und dennoch konnte man sich bereits darin verlieren. Das wissen all diejenigen, die den Mut aufbrachten, um das herauszufinden, und so klug waren, um zu erkennen, dass es an anderen Orten mehr zu holen gab. Und hier meinte Aaron beides: Sowohl die Qualität des Schauplatzes als auch die Kartierungstechnologien. Auch wenn die Qualitäten der Schauplätze im bunten Treiben der Menschen wohl zu den universellen Konstanten zählen, wurden die Technologien im Zeitalter des Silicon Valley um die vielleicht folgenschwerste Erfindung erweitert: das Internet.

Noch immer seinen Teppich ablaufend, fiel ihm seine Oma ein, die auf seine Frage, was das Internet sei, angab, es sei überflüssig. Aaron war das Internet hingegen an jedem Tag willkommen und alles andere als überflüssig. Warum das so war? Es hatte super Eigenschaften: Es hatte immer auf, es war überall, es war unausschöpflich. Und wenn man wusste, wie es zu bedienen war, konnte man für viele innerliche Strömungen Kanäle, für viele innerliche Wallungen Sandbänke finden.

Oft kam ihm sein ganzes Notebook wie eine einzige Erweiterung seiner Hirnwindungen vor, ganz besonders in den Momenten, in denen er auf 20 Safaris auf einmal war. Sein Notebook als Exogehirn, dachte es in Aaron, sein Notebook als zusätzliches Kurzzeitgedächtnis. Mit ihm konnte er mehr Informationen zusammenschauen,[25] mehr Verbindungen zwischen den Informationen erkennen. Mit ihm konnte er vor allem auch schneller mehr Informationen und mehr Verbindungen zusammenschauen, und darum ging es doch auch zuallererst: Einen Überblick musste man sich verschaffen, und für diesen Überblick musste Aaron diese zerhackten Informationen – und was sonst waren diese Informationen außer Schnipsel in irgendeiner Geschichte, was sonst war dieses Informationszeitalter – zusammenschauen, um in der Zusammenschau das Eigentliche, das Wirkliche zu erkennen.

Defragmentierung[26] nennen systemkritische Psychologen das Gegenteil einer Zusammenschau und meinen damit eine Art bewusste Ablenkungsstrategie vonseiten der Regierung zu erblicken: 1. Die Regierung hat etwas vor, das sie aus ethischen Gründen eigentlich nicht machen darf. 2. Um

---

[25] Für diesen glücklichen Begriff – zusammenschauen – bedanken wir uns bei Rudolf Steiner, bei welchem wir zum ersten Mal darüber gestolpert waren, oder genauer: in einem Podcast, der Steiner zum Thema hatte. Gerade im Hinblick auf die Qualitäten von Bewusstseinszuständen erwies sich dieser Begriff als hilfreich. Er meint so viel wie: Schau dir die Sache(n) erst einmal vorbehalts- und vorurteilslos an, lass sie wirken, bevor du dich aufgrund irgendeiner ausgelösten Emotion von den eigentlichen Sachen und der eigentlichen Gesamtqualität ablenken lässt.

[26] Bei YouTube hat Reiner Mausfeld einen lohnenden Vortrag zu diesem Thema hochgeladen mit dem Titel *Warum schweigen die Lämmer*. Darin gelingt es ihm, den aus der Computerwelt stammenden Begriff *Defragmentierug* auf die Psychologie zu übertragen.

diesen eigentlich einfachen Plan undurchschaubar und damit durchführbar zu machen, wird er in einzelne Schnipsel zerhackt. 3. Diese Schnipsel werden aufgeblasen mit ganzen Begriffswäldern und Theoriegebäuden, ganz nach dem Motto: Je komplizierter, desto wahrscheinlicher ist es, dass sich alle Erdlinge darin verlieren. 4. Ab einer gewissen Menge an Informationsschnipseln lässt sich das eigentliche Vorhaben nicht mehr identifizieren, lässt sich das eigentliche Vorhaben nicht mehr zusammenschauen.

Dabei kommt es Aaron zuweilen so vor, als sei die Regierung inzwischen selbst eines der Schnipsel des ursprünglichen Vorhabens irgendeiner anderen Instanz geworden – und welcher? An dieser Stelle muss man innehalten: Denn an dieser Frage hängen die drei großen Temperamente nicht dieser, seiner, Aarons Zeit, nein, an dieser Frage hängen die drei grundlegenden lebensanschauenden Typen aller Zeiten:

1. Die Welt ist und bleibt irreparabel und muss daher abgelehnt werden.

2. Die Welt ist reparabel und muss also repariert werden.

3. Die aktuelle Welt ist irreparabel und muss also neu gemacht werden.

Im ersten Fall bleibt die Flucht in den Geist. Im zweiten Fall bleibt die Flucht in den konservativen (Re)Aktionismus. Und im dritten Fall bleibt die Flucht in den progressiven Utopismus.

In jedem Menschen, dachte Aaron nun, ringen diese drei

Kräfte, ringen diese narrativen Blickrichtungen um die Vorherrschaft. So musste es sein. In welchem dieser drei Mythen er leben wollte, konnte Aaron noch immer nicht sagen, denn er wusste nicht, wohin die Wege ultimativ führen würden. Doch wenigstens hatte er das schon einmal erkannt, freute er sich nun. Zusammenschauen, die einzelnen Informationen sinnvoll zusammenschauen, um daraus einfache Grundtypen zu synthetisieren – das ist es, was Aaron endlich besorgen musste, um eine Entscheidung treffen zu können.

Bei den natürlichen Elementen war es ihm, an der Hand genommen von etlichen Lehrmeistern, aufgegangen, dass die Gesamtheit von allem was ist, auf brillante Weise zusammengeschaut werden kann, jedenfalls wenn wir uns auf eine atomare Hypothese einigen können. Entlang einer Vielzahl von Polaritäten sind unsere Elemente kartografiert, wobei das Set ihrer Eigenschaften ihren Charakter, ihr Temperament bestimmt. Nun endet unser Vorstellungsvermögen wohl in den meisten Fällen im cartesianischen Raum,[27] man-

---

[27] Das aus der Schule bekannte cartesische Koordinatensystem geht im Übrigen auf den französischen Naturphilosophen Rene Descartes zurück, dem wir auch das bekannte *Cogito Ergo Sum* verdanken. Der cartesianische Raum meint also unsere Raumvorstellung in drei Dimensionen. Da das Cogito Ergo Sum zu weitreichenden Problemen geführt hat – Entfremdung, Naturbeherrschung, Überrationalisierung – hat in jüngster Vergangenheit Antonio Damasio in Anlehnung dazu die Formel *Senseo, Ergo Sum* geprägt. Hier zeigt sich eine nottuende Gegenbewegung in der Geistesgeschichte, die nun etwa vier Jahrhunderte gebraucht hat, um einen potenziell adäquaten Kontrapunkt zu Descartes zu finden.

che schaffen es noch, sich von Einsteins Raumzeit eine Vorstellung zu machen, doch endet jegliche Verbildlichungsgewalt spätestens mit dieser vierten Dimension. Um die Charaktere unserer Elemente zu begreifen, machen wir Gebrauch von einer ganzen Reihe unterschiedlicher Eigenschaften, so etwa von der Reaktionsfähigkeit und der Edelheit, die in gewisser Weise ein polares Paar darstellen: Je edler ein Element, desto reaktionsträger kommt es daher.

Aaron hielt diese Erfindung oder Beobachtung schon früher für trefflich, wenn es darum ging, seine Mitmenschen einzuordnen, greifbar zu machen. In jedem Fall halfen ihm derartige Systeme, um komplexe Sachverhalte zusammenzuschauen, erinnerte sich Aaron.

Ein Portal, das zu vielen solcher Systeme Zugang verschafft, war das Internet, das gleichzeitig die beispiellos ungeheure Gefahr beinhaltet, sich auf immer in diesem gigantischen Kosmos zu verirren. Selbstredend gibt es auch beim Verirren einen unheimlich guten Aspekt, den die Gelehrten Serendipität nennen: Ist man auf der Suche nach einer bestimmten Sache und stolpert dabei in gewisser Weise über eine andere Sache, die sich als besser herausstellt als die erste Sache, dann nennen wir diese Dynamik eine Serendipität. Vielleicht ist das der kleinste atomare Baustein im Geist eines Abenteurers, um den herum sich auch Odysseus zehnjährige Irrfahrt kristallisiert hat.

Wie groß diese Gefahr tatsächlich ist, lässt sich bei einem nüchternen Blick auf eine Liste von möglichen

Abhängigkeiten erahnen, die neben den seit Hunderten von Jahren als Suchtmittel aktenkundigen Vertretern wie Zucker, Koffein, Alkohol und Nikotin in ihren Reihen seit wenigen Jahren Pornografie, Videospiele und virtuelles Gesellschaften begrüßen dürfen, drei nicht zu unterschätzende Domänen des Internets. Doch damit wäre noch nichts über die Milliarden und Abermilliarden von Texten und Büchern, Songs und Podcasts, Streams und Radiosendern, Fotografien und Filmen in allen Formen und Farben und Fehlern gesagt. Ozeane an Material, die in der Unendlichkeit aus dem Sichtfeld verschwinden, wenn man die tierischeren Triebe zumindest zeitweise überwunden hat.

Dass ein gewisser Grad von Abhängigkeit gegenüber den Herstellern von internetfähigen Maschinen besteht und ebenso vom Fließen des Stroms, war eine von vielen Tatsachen, die Aaron gelegentlich störten. Nicht, dass man eine solche Abhängigkeit nicht auch überwinden könnte, aber kurz gesagt, ist die geistige Nahrung, die durch das moderne Netz fließt, sehr viel korrumpierbarer als die, die sich auf Buchseiten findet. Zudem scheint das hohe Maß an Technik sich wie eine Art Diffusionssperre von Gedanken und Inhalten zu verhalten, was besonders bei der Betrachtung des wohl am invasivsten sich ausbreitenden *Modus Operandi* des Netzes sich zeigt: bei Videos. Diese bringen eine neue Qualität mit, die in vergleichbarer Kürze der Zeit vom geschriebenen Wort nicht geleistet werden kann. Genau hier, im Videokonsum, zeigt sich nun auch die Gewalt der Diffusionssperre. Um ein Video zu produzieren, das in das gewohnte Bild eines durchschnittlichen Konsumenten passt – sprich eines, das er sich ansieht – braucht es viel mehr Zeit, viel mehr Ressourcen und wiederum viel mehr Technik, als es beispielsweise bei einem Text auf Papier braucht. Die Folgen davon sind klar: Der Videocontent als komplexe Technik wird naturgemäß dem Textcontent hinterherlaufen und damit fast immer beschränkt bleiben. Gleichwohl wird er verdaubarer sein, angenehmer, berieselnder, passiver als es der Text sein wird.

Wo man hier anfangen sollte? Genau dort, wo man ist, genau dort, wo man hängen geblieben war.

Aaron war zuletzt bei Martin Buber hängen geblieben, für den alles wirkliche Leben Begegnung bedeutete, für den das Ich erst mit dem Du zu leben beginnt, gewissermaßen im Inter.

In den folgenden zehn Minuten konnte der aufmerksame Spiegelgassenläufer Aaron auf seiner Treppe sitzen sehen. Es war Nachmittag geworden. Die Sonne mag vielleicht geblendet haben, doch bekam man im Vorbeigehen den Eindruck, als würde der Knabe auf der Treppe schwarzen Kaffee einsaugen, um danach weißen Rauch auszuatmen. Eine seltsam materialisierte Katharsis, die sich hier im Inneren Aarons abspielte.

Kapitel 9 - Dasein und Wachsein

„Etwas vom Leben zu wissen ist eine Sache; das erfolgreiche Einnehmen eines Platzes im Leben, dessen dynamische Strömungen uns durchfließen, eine andere."

William James in *Die Vielfalt Religiöser Erfahrung*

Wirksam sein, zu sehen, dass man nicht völlig umsonst hier war, darum kreisten Aarons Gedanken abermals. Wenn denn also die Richtung ausfindig gemacht sein sollte, dann musste also im nächsten Schritt losmarschiert werden, irgendwie in der Welt losmarschiert werden.

Doch zunächst musste Aaron in den Fahrradkeller traben. Er wollte die Gesandtenstraße Richtung Bismarckplatz nehmen, vorbei an den Nachbarn Landgericht und Justizvollzugsanstalt, vorbei an den einstigen Schenkerhallen, über die Gleise, um die gefährliche Elektrofachgeschäftskreuzung zu nehmen, für den *besseren Durchblick*, wie es dort geschrieben stand, dann wollte er den Berg hochstrampeln, um zehn Minuten später Zigarette rauchend vor dem Vielberthgebäude zu stehen. Warum? Eine Vorlesung über die Geschichte der Fotografie hatte ihn vor einigen Monaten gepackt und davongetragen. Wohin? In das 18., 19. und 20. Jahrhundert, zu Lavater, zu Haeckel, zu Lombroso, zur Physiognomie, zur Algologie, zur Anthropologie. Eine Reise, die Aaron ein Gefühl von Fliegen gab, wie es ihm sonst nur von potenten Alkaloiden bekannt war. Legale Berauschung war das. Ja, an diesem Ort ließ er sich von Zeit zu Zeit sehen. So konnte er wenigstens für diesen wöchentlichen Termin Kalendern und Uhren einen Sinn abgewinnen, wenn es auch sonst keine Rolle spielte, ob es hell oder dunkel, früh oder spät, Sonntag oder Mittwoch war.

Wie dem auch sei, anderthalb Stunden später bewegte er seine massierten Hirnwindungen zurück Richtung Fahrrad. Mit jemandem reden? In diesem Zustand? Zu schnell war er unterwegs, zu schmerzvoll wäre die Bremsung durch die Trägheit eines anderen Geists. Also schwang er sich wie gewohnt auf seinen Sattel und ritt nach Hause. Eine wunderbare Art, sich selbst zu spüren, wirksam zu sein, dachte Aaron und nicht zum ersten Male tauchte für Augenblicke eine kleine Fahrradwerkstatt in ihm auf, eine Fahrradwerkstatt, die bei Dunkelheit mit geschickten Seilzügen zum Klub der Visionäre umgebaut würde. Eine Richtung, ein Wirkprinzip. So etwas kann man machen, hatte er so etwas doch in Leipzig beobachtet, auf der Karl-Liebknecht-Straße. Warum einen Fahrradladen? Vieles spräche dafür.

Vielleicht ist das Wirkprinzip auch die letztgültige Rechtfertigung für ein Leben, das jeden Tag ein kleines bisschen wacher wird. Überhaupt, wach zu sein war alles andere als trivial, dabei verlangt es uns die Welt mehr ab denn je. Wenn überhaupt, dann machte Wachsein im eigentlichen Sinne auch nur als relativer Begriff Sinn. Da mögen die geöffneten

Augen landläufig als Erkennungszeichen hierfür gelten, aber das erschien ihm so oft als Illusion. Ja, Wachsein, galoppierte Aaron nun weiter, setzt vielleicht erst in dem Moment ein, indem man das eigene Wirkprinzip erkannt hat. Wie viele Wirkprinzipien man hat?

Besonders auffällig ist die Entwicklung der Physiognomie im Laufe eines Lebens: Das Verhältnis zwischen Augen und restlichem Gesicht ist bei Babys noch am größten, sind sie doch im reinen, urteilslosen Wahrnehmen und insofern so wach wie nur möglich, frei von jeglichen Filtern. Erst im Heranreifungsprozess bilden sich die anderen Gesichtspartien weiter heraus, sodass das Verhältnis von Augen und restlichem Gesicht kleiner wird. Das Wahrnehmen wird reflektierter, unreiner in diesem Sinne und in gewisser Weise weniger wach, wenn auch bewusster.

Insofern scheinen dann wohl große Augen ein Indikator für das Wachsein, das Dasein an sich zu sein, dachte Aaron.

Daneben musste es allerdings noch ein anderes Wachsein geben, eines das erst durch Introspektion, durch Reflexion sich einstellen kann. Diese Art des Erwachens müsste dann mit dem zusammenhängen, was Aaron unter der Entdeckung eines Wirkprinzips versteht. Das Wachsein, das reine Dasein scheint eher einen dynamischen Charakter zu haben, das reflektierte Dasein, also das Wirkprinzip, scheint mehr einen statischen Charakter zu haben. In dem Maße, indem ich also mein Wirkprinzip oder meine Wirkprinzipien bestimmen will, muss ich Gebrauch machen von meinen Filtern, muss ich reflektieren, und das lässt sich nur machen, indem ich auf einen Teil des reinen kindlichen Daseins verzichte. Dabei wird das Dasein automatisch undynamischer, von außen betrachtet könnte man sagen, dass in dem Moment die Wechselwirkung mit der Umwelt zum Erliegen kommt, um die vorangegangen Eindrücke innerlich zu verarbeiten. Vielleicht kann man auf die Spitze getrieben sagen: In diesem Moment stirbt man bereits ein Stück.

Im Übrigen hatte der große Werner Heisenberg[28] während der Heraufkunft der Quantenphysik eine recht analoge Beobachtung bei Teilchen aufgestellt, die später dann als die Heisenbergsche Unschärferelation in die Lehr- und Geschichtsbücher einging. Was Heisenberg nun mit Dynamik und Dasein und Wirkprinzip zu tun hat? Der Unschärferelation gemäß, kann man den Ort und die Geschwindigkeit eines Teilchens nicht beliebig genau bestimmen. Woran das liegt? Angenommen ich mache ein Foto von diesem Teilchen, während es ein Maßband entlang rollt; dann würde ich auf

---

[28] Heisenberg kam noch aus einer Zeit, in der die wissenschaftlichen Eliten nicht nur auf den *Impact Factor* von Fachjournalen schauten, sondern am Großen und Ganzen Interesse hatten. Das zeigt sich auch an Heisenbergs Publikationsbemühungen außerhalb der Fachwelt, die lohnende Titel wie *Der Teil und das Ganze* oder *Quantentheorie und Philosophie* hervorbrachten. Demgegenüber kommt das Nachjagen nach akademischen Titeln und Publizieren in Fachzeitschriften einer Kultivierung von Nebenschauplätzen gleich. Das mag nun aber auch ein Symptom der allgemeinen Zeit sein, in der wir uns befinden: Es fehlt an Verhältnismäßigkeit, Klarsicht und Mut.

dem Foto genau sehen, auf welchem Punkt des Maßbandes es liegt; der Ort wäre exakt bestimmt. Will ich nun aber gleichzeitig die Geschwindigkeit, oder genauer, den Impuls – Produkt aus Masse und Geschwindigkeit – bestimmen, so bekomme ich diese Information nicht zum exakt gleichen Zeitpunkt, schon allein deswegen, weil sich diese Information der zeitlichen Eindimensionalität eines Fotos entzieht. Kurz: Will ich den Ort des Teilchens genau wissen, kann ich nicht auch noch erfahren, welche Dynamik von diesem Teilchen ausgeht.

Nun, das reine Dasein als Impuls verstanden, und das Wirkprinzip als Ort, von dem aus das bewusste Leben, das bewusstere Dasein ausgeht, führt uns zu demselben Schluss für unsere Existenz, wie ihn Heisenberg für Teilchen im Allgemeinen gefasst hat.

Einst, erinnerte sich Aaron dunkel, hatte er viele dieser Prinzipien. Im Laufe der Zeit wurde ihm dann immer deutlicher, dass es weniger wurden. Weniger wurden es, weil die einstigen Wirkprinzipien mit den Wirkprinzipien anderer vermengt waren. In dieser Suppe dann identifizierte er wohl die Wirkprinzipien anderer mit den eigenen. Erst im Laufe der Zeit erkennt man, inwieweit man nur Spielball eines Wirkprinzips anderer war. Im Grunde war man ja auch einst mit allem eins, selbst mit dem Entlegensten. Bald dann setzte die Trennung ein, die Trennung in deines und meines, bis wir dann sahen, was das unsere war. Und schon war es wieder Teil etwas Größerem geworden, und schon wurde es einem entrissen. Man wurde assimiliert, oder Teile von einem wurden assimiliert. Das einst Entlegene ist nicht mehr entlegen, das einst Entlegene ist nun assimiliert im dicken Bauch des immer nur hinterherlaufenden Massenungeheuers, das zwar langsam geht, aber doch beständig geht. Vieles von dem, was Aaron einst als sein eigenes verstand, war nun aufgegangen in diesem seltsam behäbigen Ungetüm.

Abbildung 9: M. Halder @ MidJourney, *Fat materialistic monster is sitting on a pile of trash.*

Sich selbst zu spüren, selbst wirksam zu sein, bedeutet im Grunde nichts anderes, als sich von diesem behäbigen Ungetüm in die Ferne jagen zu lassen, auf dass man dort in der Ferne auf noch verborgene Wirkprinzipien stößt, die noch nicht dem Prozess der Assimilierung zum Opfer gefallen sind. Das bedeutet aber auch: Für immer der Gejagte sein, nie ein Zuhause haben.

Wie sinnbildlich seine stundenlangen Spaziergänge durch die alte Bischofsstadt, wie offenbarend die Dutzenden Läufer am Donau-Ufer, wie erschlagend das tagtägliche Treiben in den Gassen und Straßen dieser und jeder anderen Stadt auf diesem Planeten.

Ob Aaron in seinem früheren, dem reinen Dasein noch näheren Bewusstsein schlicht nicht aufgefallen war, dass seine ureigensten Wirkprinzipien im Grunde schon Teil des Ungetümskanons waren, diese aber lediglich in entlegenen Regionen gesungen wurden, lässt sich nicht mehr feststellen. Anders gesagt: War das, was er früher als ureigenstes Wirkprinzip begriffen hat, im Grunde längst da gewesen, im Grunde längst in den Tiefen des Ungetümsbauchs vergraben, oder war er tatsächlich so weit in der Zukunft, dass es all die Jahre gebraucht hat, bis diese vielen Wirkprinzipien assimiliert worden waren?

Heute war es schwerer geworden als je zuvor, sich selbst zu spüren, selbst wirksam zu werden, was man auch daran sieht, dass immer weniger seiner Artgenossen überhaupt so weit aufgewacht waren, dass sie auch nur ein einziges Wirkprinzip entdeckt hätten – polemisch könnte man sagen, dass sie nie wirklich wach waren. Aber wer will denn schon so weit gehen?

Das dramatische Moment liegt in der Qualität der Träume, welchen wir auflaufen – wie ein zu schwer gewordener Kahn, der vom Sturm gebeutelt ruhige Gewässer aufsucht und alsbald auf Grund läuft. Der ultimative und unbewusste Traum des Ungetüms, dachte es schauderlich in Aaron weiter, besteht darin, den Einzelnen träumen zu lassen, ja glauben zu lassen, dass das, was er ist, im besten Fall eine Wiederholung und also bloßes Schon-Dagewesenes ist. Wenn der Einzelne zu dieser Überzeugung kommt – was sollte sein Leben dann schon wert sein, welchen Sinn bekommt dann der Wille, wie sollte dann in dieser Bedeutungslosigkeit etwas anderes als Erstarrung durch Ohnmacht zu beobachten sein, etwas anderes als auf Grund gelaufene Kähne zu beobachten sein?

Sich selbst zu spüren, war auch schwer geworden, weil die dunklen Zimmer, aus denen wir Trieb und Antrieb gewannen, im Siegeszug der Psychologisierer zunehmend ausgeleuchtet wurden, als Gemeinplätze entlarvt wurden und also gerade nicht mehr als Orte des Selbst gelten konnten, als Orte, an die man gehen konnte, um sich selbst und gerade nicht jeden anderen zu spüren.

Die Allgegenwart von Menschen hat zugenommen, wenn nicht an Qualität im Menschsein, so doch in rohen Zahlen, die einzelnen Ausprägungen des Homo leuchten mehr Lebensräume durch Besiedelung aus, als je zuvor, und so werden nicht nur die inneren Reiche, sondern auch die äußeren Reiche vom Gang der Geschichte erschlossen, erobert. Wo Quantität erschlägt, den Geist umnebelt, ist die Voraussetzung für das Erkennen von Qualität bereits begraben.

Was sind die neuen Reiche des Digitalen, des Virtuellen, des Internets anderes als Spiegelungen dieser uralten Dynamiken? Zugenommen hat einzig die Schwierigkeit, sich diesen Gravitationszentren zu entziehen. Selbst den dünnsten Hauch des Neuen, die subtilste Regung der Seele findet sich angelegt in einer der Spiegelungen, nein: drängt sich uns direkt als bereits profanisiert auf, lähmt uns, besetzt unser Bewusstsein, stellt sich ins Zentrum des uns Verfügbaren, drosselt die Lebendigkeit unser aller Seelen. Und schreien uns die Displays unserer transformierten Telefone, die Algorithmen unserer künstlichen Intelligenzen, die Nullen und Einsen unserer Transistoren nicht ständig ins Gesicht?

So war Aaron zuletzt einer zugegeben etwas düsteren Seelenregung im Gespräch mit seinem Seminar nachgegangen: Müsste ein Menschenbaby im Bauch seiner Mutter als Parasit klassifiziert werden? Wie so oft im Eifer des Gefechtes blieb Aarons Gedanke schemenhaft, und wie so oft verdaut und verwertet die Innerlichkeit das Schemenhafte – so sollte man meinen. Denn inzwischen war es keine Seltenheit, dass die Verdauung nicht mehr Teil der Innerlichkeit, der Eigentlichkeit war, sondern bereits von der Äußerlichkeit, der

Uneigentlichkeit übernommen wurde, bevor man sich darüber klar geworden war, was zu verdauen, zu verarbeiten gewesen wäre. So konnte Aaron in diesem Fall noch am Abend desselben Tages eine Werbung für Parasitenbekämpfung in seinem Postfach bestaunen, was zwar ein Metabolit wäre, den seine Innerlichkeit nicht ausgespuckt hätte – ein Wurmmittel gegen Babys konnte er sich beim besten Willen nicht vorstellen – aber dennoch als Beweis der uneigentlichen Verarbeitung genügt.

Was Aaron daraus gemacht hätte, ob er überhaupt etwas daraus gemacht hätte, werden wir, dank oder wegen der maschinellen Verdauung nicht mehr herausfinden können.

Zur Eigentlichkeit der Gesandtenstraße gehörte hingegen das Eiscafé Stenz, in dessen Warteschlange zu stehen für sich genommen als einschlägige Stadterfahrung galt. Aaron war längst über dieses Stadium hinausgewachsen und so freute er sich umso mehr, als er mit seinem Eisgelüst das Eiscafé Stenz erblickte und bereits zwei Minuten später an einer Kugel Zitronen-Minz-Sorbet schleckte. Mit Leckereien zurück in die Realität. Mit schnellem, billigem Zucker zurück in die Realität.

Kapitel 10 - Geldgräber

„Wachstum ist in der Natur ein Mittel zur Erreichung der optimalen Größe."

Christian Felber nach Leopold Kohr in *Die Gemeinwohlökonomie*

Einzig allein, um nicht in den Sog des technokratischen, prahlerischen, überregulierten, inspirationslosen, unverantwortlichen, unästhetischen, globalideologischen Zeitgeists zu geraten, machte sich Aaron all die Mühe. Denn er wusste, dass seine schlafenden oder betäubten Zeitgenossen und Zeitgenossinnen dort drinsteckten, eigentlich herauswollten, aber doch nicht herausfanden. Sie wollten heraus, denn sie spürten, dass etwas nicht in Ordnung war. Was genau das war, war unerheblich. Die Richtung stimmte nicht. Man musste von dort weglaufen. Weg von der anonymen Abhängigkeit, von der Weltmaschinerie, hinein in eine bewusste Abhängigkeit von der Erde, der Natur, von Gaia,[29] weg von der Allmachtsfantasie hin zu einer Bescheidenheitsfantasie.

---

[29] Gaia, oder die Idee von Gaia, diente den Menschen vermutlich schon immer als eine Götterfigur, in der die Kräfte der Erde, die Kräfte der Natur sich bündeln – also sagen wir seit etwa 2 Millionen Jahren, in jedem Fall schon so lange, dass wir uns weder eine Vorstellung von dem zeitlichen Rahmen noch von der Lebenswirklichkeit von damals machen können. Erst im Laufe der letzten 500 Jahre etwa, als das rationale Zeitalter seinen Siegeszug eingeläutet hat, sind die Götterfiguren Stück für Stück verstummt. Nichtsdestoweniger feiert die sog. Gaia-Hypothese seit James Lovelock und

Die Ströme aufspüren, aus denen sich der toxische Zeitgeist speist, war die Schwierigkeit. Einmal eingetreten in den Trichter des Zeitgeists, halten einen Zeitgenossen und all ihre Versprechen darin, hält einen Gelderwerb, hält einen die Fata Morgana der Versicherungen und Sicherheiten, der Annehmlichkeiten und Neiderzeuger darin gefangen. Einen klaren, reinen Blick auf die Dinge zu bekommen, kann im Inneren dieses Trichters nicht gelingen. Doch ist es gerade die Klarheit, in der sich das Selbst erkennen kann. Wer nicht herauskommt, verliert sein Selbst. Der Weg nach oben, so trivial es klingen mag, ist hier die Losung.

Doch es gibt auch einen Wahnsinn nach oben, der sich im Grenzenlosen des Ideals ausbreitet und gerade nicht von der Geißel der Emotion geplagt ist, die alle Geschöpfe im Trichter plagt. Der Wahnsinn nach oben ist der Wahnsinn, der in der Isolation wuchert und nur mehr eine Emotion nährt: die des Verloren-Seins.

Im ersten Fall hat man sich selbst verloren im Sog des Trichters, im zweiten Fall ist das Selbst dem Trichter und damit auch den Menschen verloren gegangen und damit auch in gewisser Hinsicht die Ankermöglichkeiten, um die herum sich das Selbst erst konstituieren kann.

---

einer immer größer werdenden Gegenkultur seit den 70er Jahren des 20. Jahrhunderts eine kleine Renaissance, die sich in der Literatur in Genres wie *Nature Writing* und *Ecocriticism* widerspiegelt. Noch die Romantik war uns hier deutlich voraus.

Abbildung 10: Sebastião Salgado - Serra Pelada, State of Pará, Brasilien, 1986. Dieser Mann steht unmittelbar nach seinen ungezählten Aufstiegen am Rande einer Goldmine. Nur Gott allein weiß, ob er beim nächsten Mal oben ankommen wird. Mit freundlicher Genehmigung des *Studio Sebastião Salgado*.

Es muss also gelingen, am Rande des Trichters zu spazieren – wenn nicht immer, so muss doch ausreichend Gelegenheit dafür geschaffen werden. In diesem Bild die richtige Höhenlage zu finden, wäre die Kunst. Die Wege hin zum Rand dürfen nicht zu lang sein, denn wir müssen zwangsläufig auch weg davon. Auf ewig dort zu spazieren macht keine Existenz als Nebenprodukt. Für die Existenz brauchen wir Essenzielles und weniger Essenzielles – einerlei: In der Logik des Trichters benötigen wir Geld für den Tausch. Wer keines hat, muss dorthin gehen, wo es Geld gibt – also in den Trichter, dort wo man für Arbeit Geld bekommt.

Warum die Menschen oben am Rand stehen wollen? Aussicht und Überblick tun gut, tun vielleicht besser als alles andere. Freilich, die Luft ist gut. Frei ist die Vorstellung und mit ihr die Emotion, wenn der Blick in die Ferne schweift. Doch wie schnell geht dieses uralte Wissen verloren, befindet man sich einmal im Sog dieser Gewalten?

Ganz harmlos kommen sie zuweilen daher, die Gewalten. Zuletzt hatte Aaron eine dieser Harmlosigkeit an den Füßen eines Passanten beobachtet. Unweit eines metallverarbeitenden Mittelständlers saß er auf der Parkbank. Es war zur Mittagszeit. In Zweier- und Dreiergruppen trabten die Angestellten zum nahe gelegenen Supermarkt. Besonders an einem Einzelgänger war Aaron der schwere Schritt aufgefallen, der sich dem Träger seiner dickbesohlten und mit Stahlkappen versehenen Sicherheitsschuhe aufdrängte. Ganz nach dem quantenmechanischen Credo wechselwirkst du mit mir, wechselwirke ich mit dir, geben die Schuhe dem Träger Sicherheit, jedoch nur im Tausch gegen seine Freiheit. Das kann man beobachten, dachte Aaron bei sich. Bei jedem Schritt wird das Fußgelenk aus seinem natürlichen Rhythmus herausgerissen – und es waren viele Schritte allein bis zum Supermarkt. Hässlich waren die Schuhe noch obendrein. So muss sich der Träger nicht nur zwangsläufig über die Jahre von seinem natürlichen Gang entfernen, sondern sich zudem von seiner dünnen Ahnung eines ästhetischen Empfindens distanzieren – allein schon deswegen, um dort zu überleben.

Wie dem auch sei, zum Spazieren am Rande des Trichters eignen sich diese Treter ebenso wenig wie dessen Träger. Die Schuhe verraten es bereits: Man trägt sie dort, wo man Sicherheit schätzt, dort, wo es gefährlich ist, dort, wo man herabfallende Stahlboliden und Starkstrom fürchtet – kurz: irgendwo im Inneren des Trichters. Dantes Inferno mag hier die Vorstellung für den Interessierten weiter schärfen.

Aaron erinnerte sich nun an die trüben Stunden bei einem ähnlich aufgestellten Betrieb – Metall, Sicherheitsschuhe, Stahl in Hochregalen, Starkstrom aus roten Steckdosen – insbesondere an die Vokabeln Mahlzeit und Feierabend, die beiden Mantras, die durch die Jahre tragen, mutmaßte Aaron. Fast ferngesteuert, automatisiert kamen ihm Scharen von Blaumann tragenden Menschen entgegen bei seiner ersten Brotzeitpause, als er in Richtung Kantine spazierte. Es war 9 Uhr vormittags. „Mahlzeit“, „Mahlzeit“, „Mahlzeit“, „Mahlzeit“ und „Mahlzeit.“ Mahlzeit, dachte Aaron, kommt das von Mahlen und meint also Kauen? Ist das also die Zeit, in der ich kaue, und meint damit so viel wie: Guten Appetit, nur eben ohne gut und ohne Appetit? Aaron wusste es nicht und er wusste ebenso wenig, wen er diesbezüglich fragen sollte. Zunächst waren ihm Schafe in den Sinn gekommen, die alle ihre eigene Stimme haben, doch alle dasselbe Wort sagten. Ob das Menschen waren, fragte sich Aaron für den Bruchteil einer Sekunde – fast war es ihm entgangen.

Später stellte er dann fest, dass es um möglichst schnelle Nahrungsaufnahme ging – 15 Minuten waren angesetzt, manch einer musste für Hin- und Rückweg bereits 13 Minuten einplanen. Dass dabei vom göttlichen Geschenk der Nahrung, für das sich auch heute noch ein Gutteil der deutschen Bevölkerung tagtäglich bedankt, nicht mehr übrig bleibt als ein gegenseitiges Anplärren, mag auf der anderen Seite nicht wundern. Dabei konnte der aufmerksame Zuhörer in diesem: „Mahlzeit“, das gesamte Spektrum der menschlichen Emotionen heraushören. Da gab es bestimmt den enthusiastischen Plärrer, der sich heute auf seine Bauchsemmel freut, den beleidigten Plärrer, dessen Kollege neue Sicherheitsschuhe bekommen hat, und den gleichgültigen Plärrer, der bereits am Montag nur eines im Kopf hat: den Feierabend am Freitagmittag um 11:30 Uhr.

Um 12 Uhr hörte er an diesem Tag dann erneut die Schafe. Um 15 Uhr war sein erster Tag nach verstörenden Einblicken vorüber. Sein Kollege, Franco, der ihm zugeteilt war für die ersten Tage, erzählte ihm an seinem letzten Tag, dass er vom Großteil seiner Kollegen selbst nach 18 Jahren Dienstzeit noch nichts anderes als Mahlzeit und Feierabend gehört habe.

Es gab also Erkennungsmerkmale für verschiedene Höhenlagen, die sich in Sprach- und Objektwelt zeigten. Mahlzeit und Sicherheitsschuhe gehörten zu einer Höhenlage, die sich dieser Tage recht großer Beliebtheit erfreute. So verlockte ein Verdienst, der mindestens 50 Prozent über der Armutsgrenze lag, Arbeitsschutz, Weihnachtsgeld, unbefristeter Vertrag, Betriebsfest auf Kosten des Unternehmens und 30 Tage Urlaub im Jahr.

Doch will Aaron um des Autos, des E-Bikes oder des Urlaubsziels willen seine Zeit in derartigen Milieus zubringen, in denen gerade darum gewetteifert wird? In einem Milieu, in dem man siegessicher auf ein Konkurrenzunternehmen blickt, weil in der eigenen Kantine freitags die Wurstsemmel gratis ist? In einem Milieu, in dem die Größe des Fernsehgerätes relevant ist? In einem Milieu, in dem man sich mit Putzmittel eines Premiumherstellers von seinen Nachbarn absetzt? In einem Milieu, in dem man sich unter Druck gesetzt fühlt, wenn der Rasen des Einfamilienhauses nicht gemäht ist? In einem Milieu, dessen Neugier mit der Frage nach dem Preis zum Erliegen kommt? In einem Milieu, in dem das Steigen und Fallen des Benzinpreises um fünf Cent bereits zu heftigen Emotionen führt? In einem Milieu, dessen Probleme an der eigenen Türschwelle enden?

Aaron erinnerte sich an einen Kollegen von damals, der ihm doch beständig über Wochen hinweg seine Patientenhistorie servierte. Dabei war sein Mitleid bereits nach wenigen Tagen in offensichtlichen Spott umgeschlagen. Übrig geblieben war ihm davon der anklagende Ton und ein Wort, das er immer wiederholte: Arbeitsunfall. Und noch eines: Arztpfusch. Aaron hingegen beschlich ein ganz anderer Gedanke über jene Wochen: Dass jener Typus all seine Leiden benötigt, um ärztlich legitimierten Sonderurlaub zu bekommen, um sich von dieser seiner grandiosen Lebensverschwendung zu erholen.

Natürlich wird die Atmosphäre der verschiedenen Tiefenschichten von deren Bewohnern geatmet, später dann verkörpert und wieder ausgeatmet. Gleichwohl dienen die Verkörperung sowie das Ausatmen als Akzeptanzkarte: Wessen Atem nicht die einschlägige Sprache – Mahlzeit, Feierabend etc. – transportiert, gehört nicht dazu oder wird zumindest das Gefühl nicht los, nicht dazuzugehören. So speist sich dann auch der Sog des Trichters vom gesellschaftlich getragenen, in der Luft liegenden Zwang zur Lohnarbeit. Schaffen halt, wie es sich für einen fleißigen Menschen gehört – was soll man auch sonst machen?

Aaron erinnerte sich an das prahlerische Reden von Arbeit, von den netten Kollegen, von den flachen Hierarchien, von den gemeinsamen Aktionen zur Stärkung des Teamgeists. Er fragte sich dann häufig im Stillen, ob sie sich das selbst glaubten. Jedenfalls ist die Sache doch eigentlich so herum: Die vielen Stunden, in denen die Arbeiter leiden, sei es, weil sie wirklich nichts zu tun haben, sei es, weil sie weniger verdienen, sei es, weil ihre Arbeit insgeheim nur dem Gesetz des Geldverdienens folgt, sei es, weil sie einfach ungerecht behandelt werden, diese Stunden holen sie immer wieder ein, wenn sie sehen, dass man es auch anders machen kann. Dann reagieren sie mit Wut, mit Feindseligkeit, mit Verachtung, mit all den Emotionen, die sich in jenen Momenten in der Tiefe ansammelten, die heruntergeschluckt wurden.

Eine Arbeit zu finden, die Gelegenheiten genug bietet,

um oben am Rand zu spazieren, dachte Aaron nun. Dafür darf allerdings weder der freie Gang noch die sich vom Schafe abhebende Sprache der Arbeit zum Opfer fallen. Denn was ist Spazieren anderes als eine Bühne für den Dia- und Multilog? Genug Geld haben, um nicht nach unten zum Arbeiten gehen zu müssen, wäre eine andere Option, dachte Aaron nun. Mit wenig Geld auskommen, wäre eine wieder andere Option, vielleicht eine, die am ehesten erreichbar ist. Denn so viel brauchte man gar nicht. In schlechten Monaten nicht mehr als 800 Euro, erinnert sich Aaron: 300 Euro für sein Studierkämmerchen, 200 Euro für seine Krankenversicherung, bleiben 300 Euro zum Leben. Kein Auto, kein Kredit, keine Kinder, keine Frau, keine Versicherungen, keine Hotels, keine Restaurants, keine Onlineshop- oder Einkaufsladentouren.

Aaron blickte auf, drehte seinen Kopf nach links, *Konstantinos Kavafis' Ithaka*[30] prangerte an der Wand und daneben hing seine Notfallliste; Dinge, die ihn ausfüllten, Dinge, die über die Zeit besser werden, Dinge, die nicht mit Geld zu bekommen waren, Dinge, für die Aaron Zeit brauchte.

---

30 Ithaka war die Insel, auf der der griechische Held der Odyssee, Odysseus, nach seinen vielen Jahren des Umherirrens wieder landete. Darin heißt es: „As you set out for Ithaka hope your road is a long one, full of adventure, full of discovery (…) you´re old by the time you reach the island, wealthy with all you´ve gained on the way, not expecting Ithaka to make you rich. Ithaka gave you the marvelous journey (…)".

Kapitel 11 – Zusammen Tanzen für sich

„Die Forderung der Wissenschaft, die ichhaften Elemente der Erfahrung zu unterdrücken [ist] absurd."

William James in *Die Vielfalt Religiöser Erfahrung*

Das planlose von Kneipe zu Kneipe ziehen hatte er längst hinter sich gelassen. Schon vor einigen Jahren erschrak er über eine seiner unbedachten Äußerungen: „Ich wüsste nicht, was ich dort noch verloren hätte." Das Unbedachte war es auch, was ihm an den Unterhaltungen mit den jüngeren Semestern immer wieder gefiel, und wenn er heute im Rückblick auf diese eigentliche Frage antworten sollte, würde er vermutlich genau darauf zurückkommen. Doch hatte sich die Dosis verändert. Nicht mehr jede Gesellschaft, nicht mehr jede Spelunke, nicht mehr jede Musik nahm er dafür in Kauf. Denn die unbedachten und sich oft schnell erschöpfenden Gespräche ergaben sich allerorts, ja neigten dazu, sich immerzu zu wiederholen.

Zugegeben, das gut vertraute Gefühl, seine Muster durchbrechen zu müssen, war es auch, was Aaron in jener Nacht auf eine sorgfältig ausgewählte Veranstaltung gehen ließ – alleine, so jedenfalls hatte es sich eingespielt über die Jahre. Am Treppenaufgang zum Institut für Wissenschaftsgeschichte im 3. Stock war ihm das dezente und ihm dennoch irgendwie ins Auge springende Plakat aufgefallen. War es der Name des Künstlers oder das Pastellblau? Seit sein Mädchen ihm die Wirkung der Farben und ihre Vorliebe zu gedeckten Tönen, insbesondere zu Pastellblau näherbrachte, wurde seine Aufmerksamkeit immer wieder davon eingefangen. Das Abgeklärte, Unaufdringliche, das auf den zweiten Blick erst Leuchtende, das dauerhaft Erträgliche war es, was sie ihm näherbrachte. Ungewöhnliche Namen wirkten ebenso magisch auf ihn. Es sollte Ruede Hagelstein aus dem Watergate, Berlin, zu Gast sein im Tanzsaal des *Leeren Beutels*. Egal wie die Gemengelage hier gewesen war, Aaron wollte heute stampfen, in Ekstase einmal alles hinter sich lassen.

Zwar waren die Zeiten des überbordenden Konsums diverser Unterhaltungschemikalien ebenso passé, wie das planlose von Kneipe zu Kneipe ziehen. Doch lagerte er zumindest noch einige wenige molekulare Essenzen im Gefrierfach, darunter sein altvertrauter Freund Methylendioxymethamphetamin, kurz MDMA. Gedacht, getan. Er ging zum Gefrierfach, öffnete die unterste Schublade, entnahm das Eppi[31] und wog einmal 100 Milligramm und einmal 40 Milligramm ein, ließ die feinen kristallinen Körnchen auf ein transparentes Zigarettenpapier gleiten und formte daraus

31 Eigentlich ein Laborgefäß mit integriertem Deckel namens *Eppendorf Vial* aus der Mikrobiologie, das in Konsumentenkreisen zur Aufbewahrung geringer Mengen inzwischen weit verbreitet ist.

zwei kleine Bomben für den späteren Abend. Seit der amerikanische Chemiker russischen Ursprungs, Alexander Shulgin, jenes Molekül erstmalig in den frühen 1960er-Jahren synthetisierte, trat es zunächst seinen Siegeszug in der Psychotherapie durch die USA an. Einige Jahre später erst, nachdem die Wirksamkeit im therapeutischen Rahmen nicht mehr von der Hand zu weisen war, fiel dieses Molekül der Logik der Prohibition der alternativen Berauschung zum Opfer – zu viele Menschen hatten begonnen, unter dem Einfluss dieses Empathogens[32] ihren Fokus zu ändern, die Autoritäten mussten, um ihre Machtstrukturen aufrechtzuerhalten, alles daran setzen, das Zustandekommen einer Kritischen Masse zu verhindern. Hilfreich auf dem Weg der Repression von Minderheiten erwies sich ja seit jeher die Anleihe aus dem radioaktiven Zerfall, der die Idee der Kritischen Masse erst aufgeschlossen hat. Wenn politische Macht sich durch naturwissenschaftlich vermeintlich gesicherte Wahrheiten legitimiert, entsteht nicht nur im 21. Jahrhundert eine seltsam alternativlose Position, die nur mehr Gleichschaltung auf höchster objektiver Ebene und Gleichmacherei und Abtötung auf Subjektebene zulässt. Eng wird dann die Welt.

Gleichschalten wollte sich Aaron heute höchstens mit den im Urgrund wabernden Gewalten, die sich durch die Jahrhunderte hindurch in jedem Rausch, in jeder Meditation,

---

32 Eine Substanzklasse in der Psychopharmakologie, die proaktives Verhalten beim Patienten bewirkt.

in jeder Askese und jeder sonst wie gearteten Ekstasetechnik ihren Weg an die Oberfläche bahnen. Er wollte sich auf körperlicher und geistiger Ebene zugleich vermischen mit der Suppe aus Menschen und Tieren und Pflanzen, Göttern und Ideen und Sternen, Ängsten und Dämonen und Toten, er wollte sich auflösen in der universellen Singularität des Anfangs.

Doch zunächst galt es noch den Eintritt in diese Welt vorzubereiten. Die MDMA-Bomben waren sicher im rechten Socken verstaut, die mit Marihuana gestopfte Pfeife war etwa zur Hälfte verglüht, das Espressokännchen stand bereits geleert auf der noch warmen Herdplatte. Er kletterte also zurück auf die Fensterbank und beobachtete die alkoholisierte Zukunft von morgen, die wie so oft zu dieser Stunde – es war gerade 23 Uhr – vor der *U-Bar* stand und Zigarette rauchte. Nicht umsonst stand sein holzgeschnitzter Büchernarr an diesem Fenster, ein stummer Impuls, den er sich als einen kleinen Beitrag zum Wohle der Gesellschaft nicht hatte verkneifen können, als er sein Kämmerchen einrichtete.

Wie dem auch sei, er paffte noch ein letztes Mal an seiner metallbeschlagenen, fein ziselierten Pfeife, pustete den wohlriechenden Qualm aus dem Fenster und hüpfte von der Fensterbank. Er drückte sich seine Kopfhörer in die Ohren, rollte sich eine Zigarette für den Weg und zog die Tür hinter sich zu. Er bog links ab, stolzierte die Spiegelgasse entlang, machte seinen gewohnten Schlenker rechts und wieder links und verschwand in der ruhigeren Unteren Bachgasse – ein

Schleichweg, verglichen mit der Roten-Hahnen-Gasse, die vorbeiführt an Apotheke, Hinterhaus und Café Lila. Bis zur Donau hinunter war ihm dieser diskretere Weg oft der liebere. Auf Höhe des Marc-Aurel-Ufers wollte er dann in die Tothengasse einbiegen. Von dort aus war der *Leere Beutel* um die Ecke.

Er zog die schwere, metallen gerahmte und gegitterte Türe auf, gab beim hip gepflegten Kassier eine Banknote über 10 Euro ab und spazierte hinab in die heiligen Stampfhallen. Das Garderobenkonzept bestand in abseitsstehenden Kleiderstangen, an denen leere Bügel hingen – frei zugänglich, keine Nummern, kein Anstehen, Vertrauenssache. An derartigen strukturellen Unterschieden erkennt der aufmerksame Besucher, dass sich etwas Grundlegendes verändert hat, dass sich eine Grundregel des gesellschaftlichen Miteinanders verändert hat. Für Aaron fühlte sich das an, als würde er Zeuge einer längst vergangenen oder erst noch hereinbrechende Epoche sein. Er griff sich einen Bügel, hing seine Jacke darauf und nahm sich, mehr aus Gewohnheit als aus Wahrnehmung, Schlüssel, Geld und Tabak aus seiner Jacke – nur für alle Fälle, dachte er später. Es dürfte Mitternacht gewesen sein, als Aaron mit einem Infused Water in der Hand nach draußen ging, die 100 Milligramm MDMA unauffällig in den Mund steckte, hinunterspülte und die aufsteigende Unruhe mit jedem Zigarettenzug aus seinem Körper blies.

Wenige Augenblicke später fand sich Aaron im Restaurant direkt gegenüber dem Tanzsaal wieder. Das Publikum wirkte internationaler, als man es für gewöhnlich in diesen Breitengraden antrifft. Woran er das festmachte? Er wusste es nicht. Einzig allein waren ihm die perfekt arrangierten Tische und Tafeln im Kopf geblieben mit all den Menschen, die in ihrer Gesamtheit nur einen Schluss erlaubten: Sie seien gerade in diesem Augenblick an dem denkbar besten und schönsten Ort.

Eine Weile lang beobachtete Aaron die Szenerie. Es wirkte fast wie auf einer dieser puristischen Theaterbühnen, auf denen an jeder Ecke das Geld fehlte, so reduziert wirkte der Raum im Souterrain mit seinen vergitterten Fenstern, den blanken, weißen Tischen und Stühlen, der blanken, weißen Bar und dem gelbdiffusen Licht, das aus nackten Glühbirnen kroch. Bemühungen ob der schönen Oberflächlichkeit: Fehlanzeige. Vielleicht leuchteten die Menschen auch gerade deswegen genau hier. Eine dezente Bühne, auf der Luft zum Atmen bleibt.

Die nächste Wallung breitete sich in seinem Körper aus. Er stellte seine leere Flasche auf der Bar ab und bewegte sich auf die dröhnenden Bässe zu. Die nächste Tür, davor war es gedämpft, erst dahinter wartete die Dröhnung. „Humans are creatures from nature. Humans destroy the nature“, hallte es in robotischer Stimme aus den Boxen. Für kaum mehr als einen Wimpernschlag sah er auf zu Hagelstein, salutierte mit einem Grinsen, das erwidert wurde. Von oben sah man Aaron für seine Verhältnisse ungewöhnlich weit vorne. Das mag auch daran gelegen haben, dass es vergleichsweise leer war. Dem Anschein nach hatte er sich mit einigen Stampfern verbrüdert, jedenfalls standen auf der stufenhohen Bühne acht, vielleicht zehn Paar Schuhe, deren Träger allesamt in vorderster Front die Vibrationen des DJs mit den nackten Füßen aufsaugten. Sich verbinden mit seiner Umwelt, auch via Tastsinn.

Abbildung 11: M. Halder @ MidJourney, *Ecstatic group dancing techno.* Das Aufgehen der eigenen Person in einem größeren Kollektiv ist das geheime Thema der Clubkultur. Sie scheinen auf einer globalen Skala das moderne Subsitut für die berauschenden, unumgänglichen Kulte archaischer Völker zu sein.

Ein blonder, langhaariger Jüngling tanzte zu seiner Linken, die Hände weit von sich gestreckt, rhythmisch pulsierend, auf eben die Art, mit der auch Aaron gewohnt war, seine Energie loszuwerden, zu spenden. Dünn sind die Unterschiede, doch merklich für das geschulte Auge, hört, ja reagiert doch ein jeder auf eine andere Klangspur, auf ein anderes Klangspurensemble. Jedem einzelnen Finger kann dann besondere Bedeutung zukommen. Je feiner das Ohr, je feiner die Musik, desto feiner die Bewegung, könnte man zusammenspinnen. Und in der Tat schien der gutaussehende Mittzwanziger, dessen kariertes Hemd bis zur Mitte aufgeknöpft war, ein beinah identisches Ohr zu haben, derart synchron kamen ihm seine Bewegungen vor.

Später dann sah man, wie sich deren Blicke kreuzten, hauchdünn, voller Energie, genug für Aaron, um zu der Schlussfolgerung zu kommen, dass sich die beiden in einem unendlich fernen Punkt in einer gemeinsamen Entität vereinigt hatten, die Aaron und den Anderen gleichermaßen steuerte. Das, was man sehen konnte, war nicht der Eine, war nicht der Andere. Man könnte hier lange über das Inter-Being in Anlehnung an das Inter-Net philosophieren, doch reichte Aaron das damit verbundene Gefühl, sich mit dem Anderen in etwas Gemeinsames, in etwas Größeres verwandelt zu haben, das Gefühl, nicht alleinig die Verantwortung zu haben, das Gefühl, nicht allein mit sich zu sein. Erst ab einer gewissen Flughöhe geht den Wenigen die Wucht eines jeden Solipsismus auf, dem sich der kollektive Tanz entgegenstemmt. Zu einem solchen Gefühl auf authentischem und glaubhaftem Weg zu kommen, und sei es auch nur für Sekunden, war das nicht das Tor, durch das hindurch die Menschheit vergessen hatte zu gehen, in diesen seltsam menschenleeren Zeiten? Für den großen Goethe war das eines seiner Urphänomene.

Wie auch immer, wenn man einen außenstehenden Beobachter nach der Anzahl der tanzenden Menschen befragt hätte, so wäre irgendetwas zwischen 200 und 300 herausgekommen. Für Aaron zählten nur die Wenigen, die sich allesamt um ein und dasselbe Zentralgestirn zu bewegen schienen. Ihr stillschweigendes Bekenntnis waren die nackten Füße. Bei diesen Wenigen konnte Aaron sichergehen, dass sie mit ihrer Umwelt wechselwirken wollten. Vielleicht wollten es die Vielen auch, taten es vielleicht auch, doch kam die Sendung nicht bei ihm an.

Die chemische Zugabe war am Abklingen, registrierte Aaron später, die kleinen Wirkungsmeister am präsynaptischen Neuron waren ein weiteres Mal Opfer des grausamen Metabolismus geworden und werden es noch sein. Der Charakter der meisten Räusche hatte mehr mit Nachnahme als mit Vorkasse zu tun. Zwei, vielleicht drei Stunden hatte er sich, unterwegs wie er war, mit den Menschen vermengt. Frische Luft, Durchatmen, Rauchen. Und Kaugummi, unbedingt einen Kaugummi.

Aaron war gegangen, ebenso stillschweigend, wie er vor

Stunden bekannte, höflich hatte er sich bedankt, innerlich, bei jener Entität, die ihm unter ihrem Schirm ein Plätzchen gewährte, bedankt hatte er sich, beim Anziehen seiner Schuhe, beim Wiederfinden seiner Jacke, beim Verlassen des Leeren Beutel, auf dem Weg zurück in die Spiegelgasse durch die alte, neblige Stadt an der Donau.

Kapitel 12 – Hinter die Welt und zurück

„Was jedenfalls wirklich ist, ist nicht objektiv, messbar und kontrollierbar, sondern zuvorderst wild."[33]

Andreas Weber in *Biopoetics*

Vom Uhren- und Wegesprachspiel berichtete Aaron bereits, davon, wie gerne er sie spielte, und auch davon, warum er sie spielte: Beide versprachen ihm einen vorhersagbaren Grad an Verfänglichkeit mit dieser Welt. Somit gehörten das eine wie das andere in die Kategorie der weniger riskanten Spiele, denn eingefangen zu werden von der Welt, absorbiert zu werden von dieser Welt, war das Risiko beim Tanz mit dieser Welt. Wenn er missglückt, droht die Flut der weltlichen Menschlichkeit das Eigene mitzureißen, auch den Gesamtsinn mitzureißen. Der riskante Charakter liegt in dem erneuten Zusammensetzen oder Wiederfinden des Gesamtsinns. Mit jedem geschluckten, mitgerissenen Teilsinn rückt der Wahnsinn näher, der das Eigene auffrisst. Am Ende droht das Nichtsein, das Nicht-Dasein, im Grunde der vorzeitige Tod.

---

[33] Unsere Übersetzung.

Am anderen Ende der Leitung nun lag die Hinterwelt.[34] Auch dort musste die Gefahr lauern. Man kommt dort wohl an, wenn der Zugang zur Welt verloren gegangen ist. Dort musste man ankommen, wenn jegliche Spiele mit der Welt ausgeschlagen wurden, dachte Aaron. Dort musste auch der feine Spürsinn für Aarons lieb gewonnenen Uhren- und Wegesprachspiele abhandengekommen sein. Dort mussten dann die großen weltlichen Vereiner, hier Zeit, dort Raum, ihren Sinn eingebüßt haben. Auch dort musste aus Sinn Wahnsinn geworden sein. Nicht weil das Eigene im Sumpf der Vielen bis zur Unkenntlichkeit verwässert ist. Weil das Eigene keine Reflexion mehr erfährt, weil das Eigene zu rein, zu göttlich, zu einsam wurde. Der Wahnsinn meint hier das ständige Aushalten der bewussten Grenzenlosigkeit. Viel Raum kann Angst machen.

Bereits in jungen Jahren, er mag vielleicht ein Junge von drei oder vier Jahren gewesen sein, träumte Aaron von einem Zu-viel-an-Raum: Er schwebt in einem Raum. Er beobachtet sich selbst von oben. Die Wände, die Decke und der Boden entfernen sich von ihm. Es ist, als ob seine Augen auf der Decke sitzen. Mit jedem Meter, den sich die Raumbegrenzung entfernt, verrutscht das Verhältnis zwischen Aaron,

---

[34] Auch an dieser Stelle soll ein lauter Dank ins Jenseits schallen, zu Nietzsche, der den Begriff des *Hinterweltlers* von seinem negativen Image befreite, indem er die Hinterwelt glorifizierte. Nietzsche diente uns als reichhaltige Quelle der Worterleuchtungen. Manchmal vergehen 10 oder 20 Jahre, bis einem aufgeht, was einzelne Worte eigentlich bedeuten.

dem Menschen, und der Dimension des Raumes. Er wird Meter um Meter kleiner bis er den Eindruck gewinnt, nur mehr in eine unendliche Tiefe zu fallen. Dann wachte er für gewöhnlich auf.

Abbildung 12: M. Halder @ MidJourney, *Falling backwards into an endless blackness.*

Aaron wusste nicht mehr, wie oft er diesen Traum geträumt hatte. Die Angst war über die Jahre verschwunden. Ihm blieb nichts anderes übrig, als sich mit dem Raum anzufreunden, war er ihm doch immer und immer wieder ausgesetzt. Spätestens in der Postmoderne würde die Expertokratie den Begriff Konfrontationstherapie dafür gefunden haben. Noch lange bevor Aaron zu einer bewussten Reflexion im Stande war, hatte er bereits Jahre an Erfahrung damit gesammelt und schließlich begriffen, dass es funktioniert.

Auch die moderne Clubkultur weiß sich mithilfe von Ketamin in einen derartigen Zustand zu versetzen. Die wirklich Hartgesottenen feiern das K-Hole.

Doch mit dem Ablegen der Riesenraumangst nimmt die Grenzenlosigkeit an Fahrt auf und mit ihr lockt und spricht die Hinterwelt. Und was hatte Aaron nicht seine Ohren gespitzt für dessen Klänge, für jene Klänge einer anderen Welt. Und was hatte sie ihn nicht immer und immer wieder an den Rand seiner Möglichkeiten, ja, auch weit darüber hinausgebracht.

Im Nachgang der gestrigen Nacht glitt er zuletzt weit hinaus. Nicht dass er nicht ohnehin schon weit hinaus gegangen war im Kollektiv der Tanzwütigen. Nun hatte er jedenfalls alles andere im Sinn. Nun wieder Verflechtung mit der Welt, Erdung in dieser Welt wollte er. Bekommen hatte er weitere Entflechtung von der Welt. Schlafen wollte er. Wach war er. Die Cannabispfeife hatte eine zu große Anziehung auf ihn ausgeübt, wie sie so unschuldig im Regal darauf wartete in die Hand genommen zu werden. Mehr aus Gewohnheit griff er schließlich zur Pfeife, erinnerte er sich doch an die Friedenslunte aus früheren Tagen, die nach langen durchfeierten

Nächten durch die Hände tanzte. Oft war es längst hell geworden, bevor sich die Wirkungen des frischen Cannabis mit denen des bereits abgetragenen MDMAs zu etwas Neuartigem vermischten, zu einem Kuriositätenkabinett vermischte, in denen farbige, dynamische Bilder vom Rhythmus der Musik verändert, in denen sich einzelne, längst vergangene Erinnerungen wie Echos auf die Musik legten, in denen Bruchstücke von Dialogen in Echtzeit in Bilder übersetzt werden. Kurzum: Er konnte dieser höchst subjektiven Erfahrung auch damals schon einiges abgewinnen. So griff also die ferne Vergangenheit in die Gegenwart vor und verlangte Aaron das ihrige ab.

Doch war der Zenit nun überschritten, war er doch eigentlich schon beim Aufnehmen der Pfeife überschritten, so sehr lebte diese Erfahrung doch von der gemeinsamen Beschreitung, nicht von der alleinigen. Erdung wollte er also. Nicht weil es wirklich kritisch um ihn stand, nein, weil er schlicht zur Ruhe kommen wollte.

Anvisiert hatte er jedenfalls für Minuten seine Liste, seine kleine Notfallliste. Er schwang in seinem Hängesessel immer wieder daran vorbei: *Schreiben, Musik, Yoga, Joggen, Bilder, Malen.* Von Schwung zu Schwung engte sich sein Sichtfeld dabei ein, so weit, dass ihm nur mehr *Bilder* als lesbar erschien. Er kannte das vom allgäuerischen Gucker, womit ein Blick ins Leere bezeichnet wird. Beim bewegten Gucker sah er also fast ins Leere, nur mehr ein Detail unterschied Letzteren vom Blick in die Leere.

Mit *Bilder* musste Aaron damals eigene Fotos im weitesten Sinne gemeint haben, mutmaßte er so, als müsste er ein kompliziertes Rätsel einer ihm fremden Person lösen. *Bilder* sollten nun also helfen, um zur Ruhe zu kommen – so deutete er für den Moment das, was gerade geschehen war. Ruhe durch die Einsicht, dass man da war, dass man Spuren hinterlassen hat, lief er weiter, bereits einen Umschlag mit Bildern in der Hand haltend. Im Laufe der Jahre hatten sich die Umschläge von der Drogerie mit Bildern angefüllt. Dort machte er sich zur Gewohnheit, das wenige an Bildmaterial aus dem Digitalen ins Analoge hinüberzubringen.

War es nicht charakteristisch für diese seine Zeit, dass die Drogerie abgedriftet war von ihrem Kerngeschäft? In der frühen Neuzeit noch konnte Tabak und Schokolade ausschließlich in Apotheken und Drogerien erstanden werden, erst Generationen später kehrten dort unsere Vatersväter ein, um sich ihre Opiate, getarnt als Laudanum zu besorgen.[35] Heute waren Drogisten mit der Hilfestellung beim Übertragen von digitalen Bildern mittels Bluetooth beschäftigt. Als würde durch die Bilder Heilung vermittelt werden, nicht durch drogistische Zubereitungen. Tatsächlich wurden gerade Porträts in den Anfängen der Psychotherapie in der zweiten Hälfte des 19. Jahrhunderts verwendet, ganz nach dem Motto: *Schau dir mal das Frack an, das du geworden*

---

35 Benjamin Breen hat zu dieser Geschichte zuletzt ein wundersames Buch mit dem Titel *The Age of Intoxication* vorgelegt.

bist. Einsicht ist ja bekanntlich der beste Weg zur Besserung. Und gab es denn einen objektiveren Blick auf die Dinge, als ihn das künstliche Auge der automatisierten Fotografie einfangen konnte?

Was Aaron hier in Rede stellte, war jedoch, inwieweit die moderne Selbstinszenierung Raum für eine solche kritische Selbstreflexion lässt. Und gerade darum war es doch einst bei Charcot in Paris gegangen.[36]

Hier hatte er nun aber einen Punkt. Bezug zu sich selbst bekommen, das war es, was Ruhe brachte, und diesen Bezugspunkt brachten die Bilder mit sich. Die Wunderheilung wird davon nicht zu erwarten sein, aber ein Teil des Selbst.

Erst Tage später knüpfte sich ein Gedanke an diese Grunddynamik an: Es war Einsteins relativistische Energie, formuliert, versteht sich, als klares, unveränderliches Naturgesetz. Laut des großen Alberts, gebürtig in der Stadt mit Deutschlands höchsten Kirchturm, steigt die Energie eines jeden Teilchens exponentiell zu seiner Geschwindigkeit, wobei die Lichtgeschwindigkeit niemals ganz zu erreichen ist. Die Energie des Teilchens strebt somit gegen unendlich. Die gute Nachricht dabei liegt in der Tatsache begründet, dass

---

[36] Charcot (vielleicht war es auch einer seiner Vorgänger oder Kollegen am Hôpital de la Salpêtriére in Paris) untermauerte seine Entdeckung der Hysterie mit der damals noch jungfräulichen Technik der Fotografie, indem er seine Patienten in einen abgedunkelten Raum sperrte, auf einen Schlag das Licht anschaltete und in diesem Moment der Blendung abdrückte. Ob er damit die ´Krankheit´ festhielt oder nur den Schock – darüber darf spekuliert werden.

wir dem Teilchen nur etwa die doppelte Energie seines Ruhezustands zuführen müssen, um seine Geschwindigkeit auf 90 Prozent der maximal möglichen Geschwindigkeit zu erhöhen. Genau wie in diesem Fall die Lichtgeschwindigkeit nicht zu erreichen sein wird, wird auch im ersten Fall mit den Bildern die Wunderheilung nicht erreicht werden. Dennoch lässt sich durch einen überschaubaren Kraftaufwand eine Teilheilung erreichen, genau wie wir durch einen überschaubaren Kraftaufwand das Teilchen in die Nähe der Lichtgeschwindigkeit bringen können. Gelingt es uns, dieses Naturgesetz auf andere Lebensbereiche zu übertragen, so dachte Aaron in diesem Moment, bestünde zumindest die Möglichkeit, durch eine Reihe von Teilheilungen in einen heileren Zustand zu gelangen.

Man musste es also schaffen, mit dem Vorsatz eines Perfektionisten hin zum Perfekten zu streben, um nach 90 Prozent der Perfektion die Reißleine zu ziehen. Auf in andere Gefilde. Es machte schließlich keinen Sinn, für die nächsten 5 Prozent ebenso viel Energie aufzuwenden, wie für die vorangegangenen 90 Prozent, war sich Aaron sicher. Der Preis dafür wäre zu hoch, würden doch all die anderen Lebensbereiche verkümmern.

Kapitel 13 – Einsam Alleinsein

„Das ganze Unglück der Menschen rührt allein daher, dass sie nicht ruhig in einem Zimmer zu bleiben vermögen."

Blaise Pascal in *Gedanken*

Wenn es eines gab, das Aaron gelernt hatte, dann war es das: Mit sich selbst auskommen. Und im Grunde legte auch seine Notfallliste Zeugnis davon ab. Wie man es auch drehen und wenden mochte, keine einzige Eintragung war auf Zwei- oder Mehrsamkeit angewiesen. Bleibt die Frage offen, ob sein Habitus die Liste hervorbrachte oder die Liste seinen Habitus. Vermutlich ist es so, wie sein Mädchen immer zur Antwort gegeben hatte, wenn sie mit einer Oder-Frage konfrontiert wurde: „Das ein und das andere." Und vermutlich wird es auch in diesem Fall so gewesen sein. Diese gegenseitige Bedingtheit, das Negativ, das das Positiv hervorbringt.

Vielen Menschen war er begegnet, die wortwörtlich oder sinngemäß gesagt hatten, sie könnten nicht allein sein, die meisten darunter Frauen, wenngleich auch ein guter Freund sich dahingehend äußerte. Seine, Aarons Mutter hatte ihm schon früh beigebracht, dass wir alleine kommen und auch alleine wieder gehen. Und dazwischen, dachte sich Aaron nun, machen wir uns Gedanken darüber, ob es ein Davor und ein Danach gibt. Und in diesen Gedanken sind wir dann wieder allein. Manchmal glauben wir, uns dabei zu berühren, sanft aber ekstatisch, so wie zuletzt bei Hagelstein.

Aaron hielt es für den Moment für das beste, vor die Tür zu gehen, um zu rauchen. Er hoffte wohl, damit das Alleinsein zu unterbrechen, jedenfalls ging er auch dieses Mal jener Illusion auf den Leim. Was sollte auch sonst sein, außer Illusion? Vielleicht war auch die Grenze zwischen Alleinsein und Einsamsein ein weiteres Mal verschwommen. Ab einer gewissen Schärfe lässt sich nicht mehr genau sagen, wie stark der Sog ins nackte, alleinige Dasein eigentlich ist. Das wenige hatte er jedenfalls bei Heisenberg gelernt. Erst im Rückblick wird einem dann klar, welcher Gewaltakt nötig sein wird, um sich wieder unter Leuten zu fühlen.

Von den Japanern war ihm zu Ohren gekommen, sie würden im Kampf gegen die Einsamkeit, gegen Kodoku, einen Menschen buchen können, der mit ihnen zum Essen oder ins Kino gehe. Welche Gefahr im Zustand des Kodoku liegt, verraten noch die alten japanischen Volkslieder: Darin meint Kodoku etwa Vergiftungsritus oder Giftzauber. Wie wunderschön zeigt sich darin Yin und Yang, der Zauber als Gutes, das Gift als Böses. Wie schade, dass der Zauber im Anthropozän nur mehr belächelt wird. Was bleibt, ist das Gift. Der Hintersinn ist dahin.

Dabei verbirgt sich gerade hinter dieser Einsamkeit ein unerschöpflicher Reichtum. So empfand Aaron seit jeher einiges Mitleid mit jenen Charakteren, die nicht allein sein können und sich also keine Vorstellung von all dem machen konnten. „Nein, so einsam will doch niemand sein", hatte er aus der unergiebigen Gesellschafterei aus unzähligen Unterhaltungen extrahiert.

Abbildung 13: Moritz Garbe - Die Angst vor dem weißen Blatt Papier: *„Es bedarf nur eines Punktes, um ein Verhältnis aufzuspannen, um sich der sorglosen Unfreiheit des schlichten Reagierens hinzugeben. Schaudern vor der Freiheit, wenn jener fehlt."* Mit freundlicher Genehmigung des Künstlers.

Was sie damit sagen wollen? Egal, was aus der Tiefe geborgen wird, den Preis des Alleinseins, gar der Einsamkeit ist es nicht wert. Und freilich gab es nicht zu wenige von ihnen. Wenn man blind in eine beliebige Menschenmenge greifen würde, stünden die Chancen mehr als gut, einen solchen Menschen an der Angel zu haben. Aber wer wollte so zynisch sein und hier eine Feldstudie durchführen?

Und überhaupt waren die meisten Studien langweilig vorhersehbar, oft reichten wenige Sekunden der inneren Einkehr, um das Ergebnis zu prophezeien. So erinnerte es Aaron, das war sein vernichtendes Urteil zum Gros aller Studien, gewissermaßen der Raster, den er darin meinte erblickt zu haben. Bei Erich Fromm hatte er vor Jahren gelesen, dass nur zum Denken unfähige Menschen, unkreative Menschen den Drang hin zu Studien hätten, denn diese könnten sich nicht auf ihre eigene Urteilsfähigkeit verlassen. Er wusste ja selbst nicht, warum ausgerechnet dieser Satz aus *Haben oder Sein* als Bodensatz ausfiel, aber so war es eben. Der ganze Rest trieb als unausgeschöpftes Potenzial im Ozean.

Obwohl wir die ersten Monate im flüssigen Milieu erlebten, erstaunte es zuletzt einen Besucher des Literaturcafés, dessen Rede er belauschte, wie es denn sein konnte, dass wir nicht mit der Fähigkeit zu schwimmen zur Welt kommen. Ganze 40 Prozent selbst der Zehnjährigen Deutschlands konnten zuletzt nicht schwimmen. Wie sollten sie also überhaupt den Ozean als lohnenswertes Ausflugsziel erkennen? So wunderte es Aaron nun überhaupt nicht mehr, dass die

Fähigkeit zum Schwimmen im Gleichschritt mit der Fähigkeit zum Denken von der Evolution ausgemerzt zu werden schien. Denn so wie man zum Denken allein sein muss, muss man zum Tauchen im Ozean zunächst schwimmen können.

Doch wollen wir hier nicht abschweifen. Nicht vom Schwimmen soll hier die Rede sein, wenn auch die Hemmschwelle hin zum eigentlichen Leben mit der Fähigkeit zum Schwimmen herabgesetzt wird, um hier im Bilde zu bleiben. Denn bevor wir abtauchen, müssen wir hinausschwimmen.

Studien letzteren Typs zählten im Übrigen nicht zum Gros wie oben beschrieben. Die Fragestellung war klar, sie unterlag dem binären Code, eins oder null, und bot ein stabiles Trittbrett, von dem aus ein Gedanke ansetzen konnte.

Eine weitere bemüht objektivierte Zahl rankte sich um die Kenntnis der Tiefsee: So ermittelten Forscher, dass wir nur etwa vier Prozent davon kennen würden. Auch das war ein Indiz dafür, wie sehr dem Menschenensemble die Schwimmfähigkeit, die Einsamkeitsfähigkeit, die Denkfähigkeit abhandengekommen war, oder auch einfach noch immer in den Kinderschuhen steckte – einerlei für den Moment. Und was haben Taucher nicht Phänomene beschrieben, in tieferen Gewässern, an Orten, an denen aufgrund des Lichtmangels ein Unterscheiden von oben und unten nicht mehr möglich war, an Orten, an denen nicht nur Augen versagen, auch Ohren, Nase und Zunge keine Information der Außenwelt in das zentrale Nervensystem einspeisen. Und doch, oder gerade deswegen, ist in diesem reizarmen Habitus der Tiefenrausch zu finden. Und nicht nur das. Wo kein Reiz für Ablenkung sorgt, beginnt der Geist eigene Wege zu laufen, die er aus dem, was er erfahren hat, neu synthetisiert. Das ist die Struktur der Genese. Das ist die Genese des Denkens, geboren aus der Einsamkeit. Und wehtun die ersten Schritte, ein Tippeln, ein Tasten; wenn es gut läuft, eine helfende Hand. Büchners Woyzeck könnte uns davon ein Lied singen. Was hätte ihm eine helfende Hand bedeutet, stattdessen fand er den Arzt und den ranghöheren Militär.

Aaron bekam Durst. Was war er froh, dass ihn sein Körper immer wieder zurückholte, wenn er zulange im Ozean dahintrieb. Plankton, dachte er, willenlos Umhertreibendes. Und dann wieder Bedürfnisse, Antrieb und Erfüllung. In der Küche sah man ihn gesprudelten Grüntee trinken. Er leerte seinen Krug in einem Zug. Dann setzte er sich an seinen Schreibtisch. Er versuchte, etwas zu Papier zu bekommen, stattdessen rauchte er. Aufhören zu denken – das wollte er plötzlich. Eine Erinnerung an eine frühere Mitbewohnerin überkam ihn und es dürfte kein Zufall sein, dass es sich dabei um eine Frau handelte. Auch sie gehörte zu den Menschen, die sich nur ungern allein fühlten, die sich eigentlich von Grund auf so einrichten, dass auch nur die Möglichkeit für ein solches Gefühl im Keim erstickt wird. Ihre Technik bestand darin, den Fernseher laufen zu lassen: zum Essen, zum Chatten, zum Telefonieren, zum Lernen, ja selbst zum Lesen. Sie habe dann immer das Gefühl, dass etwas los sei und das brauche sie, meinte sie einmal, als er sie danach fragte.

Und überhaupt hat die Gesellschaft einen ganzen Vergnügungspark an Technik, Spiel- und Werkzeug und dergleichen mehr erzeugt – natürlich um sie zu verkaufen, natürlich auch, um zu helfen, vielleicht aber auch, damit das Gefühl des Alleinseins keine Chance hat. Ablenkung vor dem Alleinsein, vielleicht auch Ablenkung vor dem Nichts – auch Gott wird das nachgesagt, wenn man ihm unterstellt, nur deswegen das Spiel um das Universum begonnen haben zu lassen: Um sich von seiner unendlichen Einsamkeit abzulenken.[37] Und wahrlich wird man verlassen sein, wenn man als alleiniger First Mover im unendlichsten aller Ozeane, im Weltall, herumschweift.

Einsamsein, Alleinsein, Verlassensein – Gedanken daran und Gefühle dafür waren oft wie weggeblasen, wenn er im Schoß seines Mädchens gelegen hatte. Schwieriger wurde nur das Loskommen davon, das Hinaustreten in die Kälte. Gleichzeitig wurde die Kälte mit jedem Aus- und Eintauchen aufdringlicher, ihr Charakter wurde exzentrischer. Ja, die schärfer werdende Kälte drängte ihn gewissermaßen zurück

---

37 In Kapitel 11 war bereits einmal die Rede von *Solipsismus*. Diesen schönen Begriff verdanken wir dem Nachgang einer Unterhaltung mit dem Betreiber des ehemaligen YouTube-Kanals *Hyperraum*, der den Weg der absoluten Simulation – alles was ist, ist nur in unserem Kopf; wir halluzinieren die sog. Realität, um der Einsamkeit zu entkommen; wir können uns über nichts absolut sicher sein, außer über uns selbst – ausleuchtete. In der Geistesgeschichte hat sich für diese Idee der Begriff des *Solipsismus* gefunden.

in die Behütetheit des Frauenschoßes. Doch genug damit.

Die wirkliche Produktivität des Alleinseins wird auch gestört von der bereits erwähnten und stets herausfordernden Leitfrage nach dem, was man heute gemacht hat. Dann taucht man bereits ein in ein rückblickendes Erzählen und sich verständlich Machen. Doch greifen wir auf verständliche Sprache zurück, verlassen wir bereits wieder das Alleinsein. Wir wollen wirken, als hätten wir alles im Griff, als wären wir kohärent. Wir greifen also aus Angst vor der Schmach des Verwirrtseins, eigentlich des nur kurzen Zögerns, nach allen bereits vorhandenen Grashälmchen. In Wahrheit leugnen wir die tiefste Existenz unserer Selbst, die Einzigartigkeit des Moments. Auch das ist Teil des Kodoku, Teil des Zaubers des Alleinseins.

Wichtig hier ist, dass Techniken zur Verfügung stehen, um in solche Reiche vorzudringen – wo alles Störgeräusch wegfällt, auch alles Störgeräusch, das durch verobjektivierte Narrative anschlussfähig gemacht worden ist. Eine dieser Techniken, vielleicht die wichtigste, sind Psychedelika, oder treffender Entheogene. Doch einen Exkurs hierzu wollen wir uns für einen späteren Zeitpunkt aufsparen.

Kapitel 14 - Schreiben, also Denken

„Wenn man lesen kann, muss man nicht zwei Wochen Fasten, um eine Erscheinung zu sehen."

Peter Sloterdijk in einem Interview.[38]

Seit drei Tagen hatte er sich nun nicht mehr aus seinem Studierkämmerchen herausgewagt. Kein Spaziergang, kein Gang zum Biomarkt in der Gesandtenstraße, keine Brezel bei Guelcin. Zigaretten blies er zum Fenster hinaus. Das wenige, was er zu sich nahm, ließ er sich liefern. Irgendetwas hatte ihn in tiefe Unruhe versetzt.

Schließlich klingelte sein Telefon. Natürlich, dachte Aaron, andere Menschen, Ablenkung durch andere Menschen, Kontraste, das alte Sich-Selbst-im-Anderen-Erkennen und so weiter. Vor lauter Isolation hatte er wohl vergessen, dass er nicht allein hier war, dass er sich all das gar nicht einbildete. Ohnehin schien er in einer Sackgasse zu stecken. Manchmal war es das Beste, alles zur Seite zu legen, etwas anderes zu machen, um zu späterer Zeit einen neuen Versuch zu starten. Vielleicht stellt sich sogar später heraus, dass er

[38] Die Notiz fand sich so in einem unserer Notizbücher. Wir erinnern uns hier an ein Interview, nur welches genau bleibt offen. Der Leser möge uns verzeihen.

seiner eigenen stillen Raserei aufgelaufen war – stille Raserei, die sich selbst zum Zweck hat, stille Raserei als ein Grundbedürfnis sozusagen.

Er sah auf sein Telefon, das inzwischen aufgehört hatte zu klingeln. Unmöglich schien ihm ein Gespräch mit Menschen, selbst mit seinem Mädchen, dessen Name von seinem Taschencomputer angezeigt wurde. Was war er froh, dass er schon bald in seinem Leben darauf gekommen war, dass die sogenannte Paarbeziehung ein gutes, vielleicht das beste Gegengift gegen das existenzielle Gefühl des Verlorenseins war. Und was war er froh, dass er mit diesem seinen Mädchen schon etliche Jahre die Straße entlang schlenderte. Wie gut sich allein das Aufleuchten ihres Namens anfühlte – dankbar, warm, glücklich. Ineinander verschlungen einen Film ansehen, vielleicht einen Almodovar, vielleicht einen Allen, vielleicht einen Malick – das hatte immer gewaltige Aufladewirkung auf ihn ausgeübt. Doch war sie weit weg.

Etwa eine Stunde später sah man Aaron in seinem schwarzen, samtenen Jackett vor die Tür gehen. Er hatte sich schick gemacht. Rauchend ging er durch die Obere Bachgasse, später dann über die Steinerne Brücke. Entschlossen sah man ihn in den *Andreasstadel* eintreten. *Von Kunst verstehen wir nichts – die Natur hassen wir*, prangert dort in tiefschwarzem Sarkasmus über der Bar des dazugehörigen Cafés.

An der Bar stand ein glatzköpfiger Anzugträger mit einem Glas Rotwein. Er war einer derer, die er immer wieder an solchen Orten sah – immer alleine, immer in Schwarz, immer mit Rotwein. Aaron bestellte Bier und eine kleine Tüte Weingummis. Er erwarb sich ein Ticket für den Film im Wintergarten und machte es sich auf einem der wenigen Sessel gemütlich. Mehr als 30 Leute fasste der Saal ohnehin nicht. Und wie es derzeit aussah, fanden sich außer ihm und dem anderen Eigenbrötler[39] keine weiteren Gäste für den fünfstündigen Dokumentarfilm. Vermutlich werden ihn deutschlandweit nur 17 Menschen ansehen, der ganze Rest muss die Spreu sein, dachte Aaron ganz unverblümt. *As I Was Moving Ahead Occasionally I Saw Brief Glimpses of Beauty*, das der etwas zu lang geratene Namen des Streifens. Kunst wird es sein und von Natur wird sie handeln, dachte Aaron. Und weit weg von den letzten drei Tagen wird er ihn bringen.

Spät in der Nacht setzte er sich an seinen Schreibtisch und begann zu tippen. Das Gefühl der Unruhe war wie weggeblasen, er war erfüllt, über und über angefüllt mit dem, was er auf Leinwand sehen durfte. Grundwerte waren ihm verloren gegangen in seiner Raserei, in seiner Hybris. Immer wieder tappte er in diese Falle, wie gut er diesen Ort bereits kannte und wie sehr er sich immer wieder vornimmt, nicht

---

[39] Der Eigenbrötler verdankt seinen Namen übrigens der Tatsache, dass er sich dem kollektiven Gang zum Bäcker verweigerte und sein Brot im wahrsten Sinne des Wortes selbst buk.

wieder dorthin zu gehen, und doch immer wieder dort landet.

Dankbarkeit spürte er nun bis ins Mark hinein, Dankbarkeit dafür, dass jemand wie Jonas Mekas die Essenz seines Lebens in fünf Stunden auf solch unsagbar bescheidenem Weg auf die Leinwand gebracht hat, Dankbarkeit dafür, dass er Teil daran haben konnte. Er setzte an bei diesem Gefühl, bei dieser ersten Regung, die sich nun über fünf Stunden hinweg aufgetürmt hat, immer mächtiger geworden war und begann also zu schreiben:

„A poet needs to discipline himself everyday"

Was Jonas Mekas hier abliefert ist für den Zuschauer ein einmaliges Filmerlebnis. Selten habe ich Ehrlicheres, Authentischeres, Mutigeres gesehen. Zugegeben, er verlangt viel Geduld und Aufmerksamkeit, zu verwackelt, zu unscharf und zu amateurhaft ist As I Was Moving Ahead Occasionally I Saw Brief Glimpses of Beauty.

Die wenigen von Mekas gesprochenen und abgetippten Sätze wirken auf der Unterlage der wahllos aneinander gereihten Alltagsszenen wie Monolithe im ansonsten planen Gelände. Mekas will nicht unterhalten, er entschuldigt sich an zwei Stellen für seinen Film, denn es passiere nichts. Er bricht das Leben auf im Grunde genommen bei allen Menschen vergleichbar erlebten Alltagssituationen runter, er schafft ein gemeinsames Fundament, ganz nüchtern und un-

aufgeregt, erschreckend nüchtern, doch räumt er dem Menschen Augenblicke der Schönheit ein, die meistens mit dem Beobachten und Nachsinnen einer Szene verbunden sind.

Letztlich funktionieren Menschen auf ganz ähnliche Weise, schließlich sind sie von ihren Erfahrungen, ja von ihrem Leben geprägt. Im Verlauf der knapp fünf Stunden geht man mit ihm mit, an zahllosen Stellen wundert man sich immer wieder über die Ähnlichkeit der gezeigten Szenen und den eigenen Erinnerungen. Und immer wieder hört man hier, wie bereits im Titel, Goethes Faust höchst selbst von seinem Augenblicke reden: Verweile doch, du bist so schön. BUT: „Life goes on…“, das ist einer der kryptischen, auf der Schreibmaschine getippten Sätze, die wie große Bögen, den Film zusammenhalten und nur zu gut in die überwiegende Rolle des Menschen als Beobachter des Lebens passt. Kolossal ist der Dokumentarfilm nicht zuletzt, weil er Szenen aus ganzen 50 Jahren aus einer Perspektive zeigt – ein Gedanke, der tief wirkt.

Einer der schönsten Aufnahmen sind die aus dem Wohnzimmer Mekas: Ein großer Saal mit hohen Decken, schlanken Säulen, Dielenboden und Bücherregal, grünenden Pflanzen und warmen Licht, vielleicht ein altes Industriegebäude, durch das ein drei-, vielleicht vierjähriges Kind, vermutlich sein Sohn, stolziert. BUT: „Life goes on…“

Und dann wieder innehalten, auf einer Bank Platz nehmen, Nachsinnen und das Erkennen, was das Leben lebenswert macht: Die Glimpses of Beauty.

Abbildung 14: Moritz Garbe – Übungen: „*Mann kann die Gesichtszüge eines Menschen detailgetreu auf Papier wiedergeben und ihn doch nicht wiedererkennen. Genauso hat Matisse bewiesen, dass man einen Menschen genau treffen kann ohne naturgetreues Abzeichnen. Das Erkennen liegt vielleicht mehr im Verhältnis als in dem Stoff.*“ Mit freundlicher Genehmigung des Künstlers.

Für dieses Ausbuchstabieren der ersten Regung, für das Ergreifen dieser Chance, hat sich im angelsächsischen Sprachraum die treffende Redewendung *Eat the Frog* herausgebildet. Wer den Frosch im ersten Moment nicht schnappt, dem geht er durch die Lappen. Schon im nächsten Moment ist er verschwunden, schon im nächsten Moment sieht es so aus, als wäre er gar nicht da gewesen. Doch wer ihn frisst, ihn verdaut, lernt nicht nur etwas über den Frosch.

In erster Linie lenkt das Verfolgen des Froschs durch das eigene Innere, ja überhaupt beginnt mit einem solchen Frosch die Herausbildung der ureigenen Anschauungen, Einstellungen, Vorlieben, Motivationen und dergleichen mehr. Damit wird dieser sprichwörtliche, nur kurz hindurchscheinende Frosch zum symbolischen Schlüssel für die unausschöpfliche Enigma namens Selbst. Gleichzeitig entsteht eine wertvolle Spur, eine Momentaufnahme der Welt und des eigenen Standpunktes darin. Hier fällt das Schreiben zusammen mit dem Kreisen um sich selbst, wie es Rilke so treffend in seinen *Wachsenden Ringen* zusammengeschaut hat.

Wer sich selbst irgendwo verliert, muss sich auch selbst wieder einen Standort zuweisen, dachte Aaron, denn nur wer irgendwo steht, kann auch gefunden werden. Nun wusste Aaron auch wieder, warum die Technik des Schreibens auf seiner Notfallliste stand – es erlaubt ihm, sich zu verorten, sich zu bündeln, sich zu sammeln.

Freilich gibt es unter den Fröschen nur wenige, die auf den ersten Blick verlockend aussehen. Vor nicht allzu langer Zeit war Aaron auf einer Hochzeit zu Gast, auf der die Braut in ein delikates Spiel verwickelt wurde: Sie sollte auf den Begriff Meilenstein kommen; ihre Trauzeugin fragte sie, was die Hochzeit für sie bedeute; die Braut erwiderte wie aus der Pistole geschossen: „Eine Station." Den Wachsameren im Publikum war die im Ton mitschwingende Überzeugung nicht entgangen, eine Überzeugung, die den Schluss nahelegt, dass für sie nach langem Nachdenken über die Hochzeit ebendies herauskam: eine Station; kühl, sachlich und nüchtern, eigentlich jetzt schon gelaufen, da die Planung perfekt war, wie eine Bahnhofsstation, an der der Zug hält, der auf festen Gleisen fährt.

Genau mit diesem Frosch, wenn er denn gegessen wird, öffnet sich das Tor in den Abgrund. Die Psychologisierer dürften hier mit Freud einen klassischen Versprecher vermuten. Aaron wusste nur, dass er dort nicht zu tief hineinsehen wollte.

Einerlei ob angenehmer oder unangenehmer Frosch: Das Schreiben schien Aaron in erster Linie eine Technik zu sein, die es ihm erlaubte, sich selbst zu sortieren, eine Technik, mit der man so manchen Frosch zu fangen vermag.

Im Stillen bedankte er sich bei seinem Mädchen für ihren Anruf. Im Stillen bedankte er sich bei Mekas für den Anlass etwas zu sagen.

Kapitel 15 – Moleküle zur Welt bringen

„Die Welt war vollständig Larve, jetzt ist sie Puppe, eines Tages wird sie wahrscheinlich Schmetterling werden.“

Michel Foucault nach Charles Bonnet in *Die Ordnung der Dinge*

Aaron hatte viel geleistet. Es mussten nun etwa vier Jahre vergangen sein, seit er seinen Masterabschluss in Pharmakologie hinter sich gelassen hatte. Vier Jahre, in denen er der Ödnis des Berufslebens entgehen konnte. Was er mit Ödnis meinte? Vermutlich eine Art von Eindimensionalität, die sich sowohl auf personeller als auch auf arbeitsieller Ebene zeigt. Man mag sich hier kurz an die Ausführungen im Geldgräberkapitel zurückbesinnen.

Zur personellen Frage: Durch ermüdenden, weil zu viele Jahre andauernden Austausch mit den immer selben Menschen im immer selben Unternehmen.

Zur arbeitsieller Frage: Das Bedienen von und Warten auf Maschinen, das Abarbeiten von Vorschriften und Betriebsanweisungen, das stetige Ausführen der immer selben Handgriffe.

Das Resultat zeigt sich in einer Art domestizierten Faul- und Fadheit, die sich derer ermächtigt, die sich nicht entschlossen genug dagegen wehrten.

Wie dem auch sei, eine der wesentlichen Kompetenzen, die er im Laufe seiner universitären Laufbahn erworben hatte, war das Bewusstsein für die Gewalt der kleinen atomaren Verbrüderungen, die erst später als solche erkannt und als Moleküle bezeichnet wurden – wie sie aussehen, wo sie herkommen, wohin sie gehen, was wir damit machen, was sie mit uns machen und wie wir sie wieder loswerden, all das waren wesentliche Kompetenzen, wollte man es aufnehmen mit der wohl gefährlichsten, aber auch lohnendsten Molekülklasse, die mit ganz unterschiedlichen Namen versehen worden war: In beinah allen archaischen Kulturen galten sie als Sakramente, später sprach man von Psychedelika, noch später von Halluzinogenen. Am treffendsten sind sie wohl nach wie vor mit Entheogenen bezeichnet.[40]

Das Spiel mit den Entheogenen gehört in Aarons Augen

---

[40] Gemeint sind damit hauptsächlich zwei Molekülklassen: Tryptamine (DMT und Psilocybin) und Phenylethylamine (Meskalin, 2CB und andere Derivate). LSD nimmt hier ein Art Zwitterstellung ein, da es sowohl das Tryptamin- als auch das Phenylethylamin-Grundgerüst enthält. Was die Wortherkunft angeht, liegt der Fall bei *Halluzinogen* recht klar: Es sind Substanzen, die Halluzinationen bewirken, was (Schlechtes) dann auch immer damit gemeint ist. *Psychedlika* leitet sich vom altgriechischen Wort für Seele ab, und meint in etwa eine Substanz, die die Seele erweitert, was auch immer dann mit diesem seltsam aus der Rationalen Zeit fallenden Begriff *Seele* gemeint ist. Entheogene hingegen gehen auf das altgriechische Wort für Gott zurück; in Verbindung mit der Vorsilbe und dem Anhängsel meint es etwa das Göttliche-erweckend. Auch hier stoßen wir auf dieselbe Problematik wie bei der Seele – das Göttliche als solches scheint immer weniger salonfähig zu sein, auch wenn es immer mehr Not täte. In dem Klassiker der *Psychedelic Literature*, *The Road to Eleusis*, geht der Gelehrte Carl Ruck ausführlich auf diese begrifflichen Unterschiede ein.

zu den gefährlichsten aller Spiele, ganz im Gegenteil zum Uhren- oder Wegespiel, aber davon war weiter oben die Rede.

Die Gefährlichkeit am Spiel mit den Entheogenen liegt in ihrer gewaltigen Schubkraft hin zum eigentlichen Leben, hin zur inneren Tiefsee, hin zu dem Ort, an welchem der letzte Dominostein fällt. Dabei spielt es kaum eine Rolle, ob es sich um die zweite oder zehnte Exposition handelt. Es ist die schiere Gewalt, mit der alles Gewohnte der Alltäglichkeit in wenigen Augenblicken aufgelöst wird, die schiere Gewalt, von der die Gefahr ausgeht. Sie sind das Mittel der Wahl für jeden Dekonstruktivisten, denn wer sich selbst dekonstruiert hat, ist geschult für sein Leben.

Der große C. G. Jung wusste darum, wenn er den Verzehr erst in den Mittdreißigern anriet, in einem Lebensalter, in dem die Konstruktion der äußeren Lebenswelt – Familie, Arbeit, Haus – bereits gesichert sein sollte. Denn im Ernstfall sei es externalisierte Infrastruktur, die dem Menschen als Anker gereicht.

Doch zurück zu unserem gefährlichen Spiel. Die eigentliche Gefahr geht dabei nicht von der aktiv berauschten Erfahrung aus, sondern vielmehr von dem, was danach kommt. In gewisser Hinsicht ist jede Exposition ein Sprung ins Ungewisse. Eine ganze Menge an innerer, an unsichtbarer Arbeit wartet danach – diese Struktur lässt sich für Aaron zumindest ausmachen. Durch die enorme Schubkraft bleiben naturgemäß die trägen Teile auf der Strecke, nur die leichteren, ätherischeren Teile können Schritt, oder in diesem Fall:

Flug halten. Und wie jede Sicherheit mit dem Charakter des Trägen einhergeht, sind es zumeist diese Sicherheiten, die während der Erfahrung schon nicht mehr sind und auch danach nicht mehr sein werden. Besonders in Gesellschaften kann dieser Mangel offenkundig werden, gibt es doch gerade hier einen ganzen Kanon an unausgesprochenen Spielen und Verhaltensformen, die bei Zuwiderhandlung für Irritationen in ebendieser Gesellschaft führen können. Denn es sind genau diese unausgesprochenen Muster und Strukturen, die als mangelhaft erkannt und deshalb im inneren Dialog transformiert werden. Und was anderes soll nun ein solcher Mensch aus sich hervorbringen, als gerade die Verkündigung der bereits abgelaufenen Transformationen, wenn doch die ganze Welt den Eindruck erweckt, als müsste man über all das nicht sprechen?

Aaron wollte darüber sprechen, denn nur wer davon sprechen kann, hatte es wenigstens einmal verstanden und wird es, wenn die äußeren Bedingungen günstig sind, in sich wiedererkennen und also davon sprechen können. Denn das war es, was das Leben auszeichnet: In Bewegung sein, einen Standpunkt einnehmen, solange dort herumlungern, bis man ihn verstanden hat, und sich wieder in Bewegung setzen. Ja, man musste sich gewissermaßen die Füße in den Bauch stehen, einen sicheren Stand haben und dann muss es einem vergehen, dort herumzulungern – dann und erst dann dürfte es als verstanden gelten.

Plötzlich spürte Aaron das Verlangen, sich zu bewegen,

vielleicht war er auch mal wieder zu lange in seinem Studierkämmerchen herumgelungert. Er musste ohnehin noch den letzten Ansatz des 2,5-Dimethoxy-4-methylamphetamins aufreinigen, dieses großartige Meskalinderivat aus der Shulgin´schen Schmiede. Er beschloss also kurzer Hand, sich auf den Weg ins Labor zu machen.

Abbildung 15: M. Halder @ MidJourney, *Giving birth to molecules*. In einer Notiz zu Sokrates hatten wir den Auftrag des Menschen vermerkt: Er soll Geburtshelfer sein für die Gedanken und Ideen Anderer.

Seit Aaron seine Ambitionen einer wissenschaftlichen Laufbahn ad acta gelegt hatte, blieben ihm ohnehin nur mehr die wenigen Nachtstunden, in denen er unbehelligt im Labor eines befreundeten Doktoranden zur Tat schreiten konnte, wenn auch die Zeiten der Frequentierung längst hinter ihm liegen. Aaron war genügsamer geworden über die Jahre, auch hatten sich die gebräuchlichen Mittel verändert und mit ihnen der materielle Eintrag in seinen Körper. Wäre deren Potenz nicht derartig irrwitzig, könnte man ob der zugeführten Masse fast von Homöopathie sprechen.

Jedenfalls war neben dem Vokabular und dem Handwerk des Chemikers diese irgendwie geduldete Weiternutzung der Infrastruktur eine der großen positiven Überflüsse aus seinem amtlich beglaubigten Studium. Und voll war es, dieses überflussgenerierende Fass. Längst nicht nur voll mit sich widerstreitenden Konzepten der Organischen Synthesechemie, die entfernt an das Walten unterschiedlicher Kräfte in uns erinnern, längst nicht nur voll mit inerter Atmosphäre und Scheidetrichtern, mit Vakuum und Rückflusskühler, mit Dampfdruck und Destillationsspinne. Auch das akademische Fahrwasser war in seinem Fass gelandet, in welches der ganze Dreck aus den Einbahnstraßen der Macht, der Profilierung, der Eitelkeiten, des Publikationsdrucks eingetragen worden war. Die wenigen Fischlein, die dort im überfahrenen Gewässer (Von damals etwa 200 Chemieanfängern hangelten sich etwa 70 ins Aufbaustudium, von denen wiederum 68 ihre Doktorarbeit schrieben, erinnerte sich Aaron.) gesichtet werden, lauten Doktortitel, Fachtagung und Zweitautor. Der Gipfel des Glücksgefühls lautet schließlich Impact

Factor, Science und Nature. Inhalte sind es in erster Linie wohl kaum, um die es geht, zu kleinkariert und eingekastelt kommen sie daher – dabei darf man den eigentlichen Produzenten dieser unästhetisch-dünnen Zeilen gar nicht den Vorwurf machen, diese Praxis hat sich eben, wie man zu sagen pflegt, über die letzten 500 Jahre so eingeschlichen, seit Francis Bacon sein geflügeltes Wort, Wissen ist Macht, in die westliche Seele einpflanzte. Die Frage danach, was als Wissen gilt, bleibt dabei zunächst unberührt. Für Aaron fand sich dieses jedenfalls nur in seltenen Fällen auf jenen Papieren.

Natürlich bezogen sich die Zahlen der Erstsemester oben auf eine von mehr als 100 Universitäten und etwa viermal so viele Fachhochschulen, an denen mehr als 1000 Studiengänge angeboten werden – und das lediglich in Deutschland. Vom kulturell tradierten Bild des erhabenen Genius eines Naturwissenschaftlers war das weit entfernt, erinnerte sich Aaron, wohl verstanden, dass die Gewässer einst klarer waren. Heute wusste Aaron noch nicht einmal mehr, ob er sich selbst auch nur für einen Tag für einen Wissenschaftler letzteren Typus gehalten hatte.

Wie dem auch sei, er wusste was, wo und wie es zu tun war, um später etwa fünf Gramm DOM in einem Eppi mit nach Hause zu nehmen, eine Menge, die wohl ausreichen würde, um wenigstens 2000 Menschen einen gewaltigen Schritt nach vorne zu bringen. Und dafür empfand Aaron tiefen Dank, also für das Was, Wo und Wie, das ihm ohne das Eintauchen in den Mikrokosmos der universitären Chemie nicht aufgegangen wäre. Für das Verstehen des Warum muss man wohl in der Gunst eines Alighieri´schen Virgils stehen, der halb leichtsinnig, halb tiefgründig, mit furchtlosem Instinkt seinen intimen Gang begleiten lässt.[41]

Ehe sich Aaron versah, beobachtete er sich beim Absperren seines Fahrrads. Das Busnetz richtete sich hier noch im Großen und Ganzen nach dem Stand der Sonne. Geht sie auf, ist mit ihnen zu rechnen, geht sie unter, dauert es keine zwei Stunden mehr, bis es ruhiger geworden ist. Aaron schätzte diese Tatsache sehr: Wenn die Natur den Rhythmus der Stadt wenn nicht dominiert, so doch zumindest moduliert, scheinen noch Kräfte zu wirken, die sich die Krone der Schöpfung nicht selbst zuschreibt. Dann ist es ein wenig so, wie mit der Amsel, deren Gesang aus einer anderen Zeit in die unsere geraten war. Verglichen mit den Städten dieser Welt, die wohl seit Generationen nicht mehr geschlafen haben, fühlte sich dieser Ort ursprünglicher an.

Wie dem auch sei, Aaron machte das Licht im Abzug an. Er fühlte sich sicherer, wenn er auf das grelle Laborlicht verzichtete. Mögliche Passanten konnten zudem keinen Verdacht schöpfen, da auch andere Laboratorien gelegentlich das Licht im Abzug vergaßen zu löschen.

---

41 Wir danken hier all den Modernen Schamanen und Lehrmeistern, die uns begleitet haben. Glücklich schätzen können sich all jene, denen ein solcher Virgil´scher Archetyp begegnet ist.

Von Ursprünglichkeit war hier dennoch keine Rede mehr. Einzig eine Zeitreise an den Anfang des 18. Jahrhunderts ließ ihn sich für Augenblicke mit den Ranken der Umwandlungskunst verknüpfen, als das seine Handwerk noch verschränkt war mit dem Beruf des Apothekers: dieser verwandelte simple Ausgangsstoffe in wertvolle Medizin, wohingegen der Drogist einzig für den Vertrieb der Ausgangsstoffe zuständig war. Freilich haben sich seither die Bezeichnungen verändert, doch verstand Aaron die seinen Kunstgriffe als eigentliche Veredelung, wohingegen der Lieferant des Nitrobenzols, des Lithiumaluminiumhydrids und dergleichen mehr bloßer Teil der Logistik war.

Jedenfalls stand Aaron nun vor dem Abzug und blickte auf einen mit Salzsäure gesättigten Rundkolben, in dem wunderbare Kristalle von der Glasinnenwand in die organische Etherphase hineingewachsen waren. Das war eine der Operationen, die Aaron schon glauben ließen, er hätte es hier tatsächlich mit einem lebendigen Prozess zu tun, mit einer Art Individuum – hier das synthetisierte Molekül – das sich im Sinne einer Autopoiesis selbst hervorbrächte.[42] Die Nahrung des Moleküls wären weitere Moleküle desselben Typs,

[42] Andreas Weber hat uns hier das springende Schlagwort geliefert in seinem brillanten *Biopoetics – Towards an Existential Ecology*. Er meint damit Das Prinzip von Leben als solchem, vielleicht das Atom, aus dem sich die „Substanz Leben" zusammensetzt. Wörtlich heißt *Autopoiesis* soviel wie Selbsterschaffung; Weber hat es selbst von dem wichtigen Denker und Biologen Francisco Varela übernommen und in sein Gesamtbild integriert.

er hätte es hier also mit einem Kannibalen zu tun, lief er seinen Gedanken weiter nach. Die Selbsthervorbringung wäre also in dem Moment beendet, in dem das letzte Molekül im Schlund des Kristallkorpus verschwunden wäre. Wobei natürlich die Möglichkeit bestand, dass die Struktur des Moleküls nach Druchlaufen eines Homo sapiens zur erneuten Laborgeburt gebracht werden könnte – eine Art Reinkarnation in gewissem Sinne.

Er nahm den Kolben aus dem Kältebad – das Kristallwachstum ging in Kälte zwar langsamer, dafür reiner und schöner vonstatten – schwenkte ihn kräftig und filtrierte den weißen Feststoff über einen Büchnertrichter. Ein Vorteil der Phasentrennung mit Ether lag in dessen Siedepunkt von gerade einmal 35°C. Das Produkt trocknete in wenigen Minuten, wenn man vorsichtig mit einem Stickstoffstrom arbeitete. Die Waage zeigte 5,54 Gramm, der Schmelzpunkt lag bei 187°C. Auf weitere Analytik konnte Aaron verzichten, bei 2 plus 2 musste er schließlich auch keine Rechenprobe durchführen.

Kapitel 16 – Eintauchen und Abtauchen

„Hier, wo alles erfüllt zu sein scheint, fehlt der Antrieb für jegliches Tun.“[43]

Hermann Keyserling in *Travel Diary of a Philosopher*

Warum sollte man das machen, warum sollte man sich der Logik der Beschleunigung, der Logik der Unternehmungen entziehen, so viele Stunden im Studierkämmerchen zubringen? Warum sollte man auf den Spaß verzichten, auf die Geselligkeit, auf den Kuchen, auf Fernsehen, auf Videospiele, auf billige Unterhaltung? Warum sollte man sich der Einsamkeit aussetzen?

Diese und andere Fragen prasselten auf ihn ein, während er mit all den grässlichen Samstagvormittagspassanten, die ihm mit vollen Einkaufstüten entgegenkamen, virtuelle Konfrontationsgespräche führte.

Man muss sich auf das Leben vorbereiten, weil die Welt hart ist, weil einem in der Welt Akteure begegnen, die vorgeben zu wissen, was sie tun, und es doch nicht wissen. Dennoch beginnt man ihnen allmählich zu glauben, Stück für Stück, fast merkt man es gar nicht. Und ehe man sich versieht,

---

[43] Unsere Übersetzung.

ist man verstrickt mit deren Lebensfäden. Später beginnt man es dann zu riechen: Die Säfte, die an deren Fäden aufsteigen. Die Fantasie würde zwar ausreichen, um sich die Kessel vorzustellen, doch sind die Bilder zu klebrig, zu schwer wird man sie wieder los. Wir wollen uns mit der allgemeinen Beobachtung begnügen, dass selbst die billigste Lüge durch viele Wiederholungen ihre Anhänger findet, was dann wieder dazu führt, dass jene Lüge, egal ob explizit oder implizit durch Verhaltensmuster offenbart, durch eben diese Anhänger propagiert wird. Auf diese Weise kommen derartige Behauptungen überhaupt erst in die Welt. Letztendlich ist ja auch ein jeder Mensch ein absurdes Gebilde der unterschiedlichsten Behauptungen.

Aaron glaubte jedenfalls, dieses Spiel durchschaut zu haben. Und Selbst wenn ihm 1.000 Menschen mit vollen Taschen entgegenkämen, haben sie damit nicht mehr Recht. Ihr Blick ist lediglich verroht, in gewisser Weise haben sie gar keinen Blick mehr, ihr zeitlicher Horizont musste auch in früheren Zeiten schon beschränkt gewesen sein – wie sonst wären sie dort hineingeraten?

Die Welt ist auch zu schnell. Wir haben zu wenig Zeit für all die Entscheidungen, die uns die Welt abverlangt. Mit jeder Minute, die wir dem Takt der Welt folgen, rückt uns das dickbäuchige Ungetüm auf den Leib. Ist das denn nicht offensichtlich, wenn doch etwa jeder zweite in Deutschland lebende Mensch zumindest leichtes Übergewicht haben soll?

Fließen die hochdichten Lipide denn dann nicht vom dickbäuchigen Ungetüm direkt in die Individuen, die es konstituieren?

Manch einer mag hier an den osmotischen Effekt denken, demnach zwei räumlich benachbarte, flüssige Milieus auf gegenseitige Durchdringung drängen. Schön zu beobachten ist dieses Phänomen und dessen Auswirkungen in der Zeit der Kirschenernte. Regnet es etwa auf die reifen Früchte, so dringt das reine Regenwasser durch die Haut der Kirsche ins Innere; das reine Wasser drängt auf Verdünnung des mit Fruchtzucker angereicherten Saftes im Inneren der Kirsche; die Folge: Der Druck im Inneren steigt, bis die Kirsche aufplatzt. Das Reine hier hat sprengende Wirkung. Der Preis erscheint hoch für das Reine. Es büßt seine Existenz ein. Nur die Idee und deren Wirkung bleibt zurück.

Das und anderes gab er ihnen zur virtuellen Antwort. Das und anderes brachte er auch seinem nicht tot zu bringenden Gefühl entgegen, er könnte irgendetwas verpassen dort draußen. War er deswegen heute vor die Tür gegangen?

Dickbäuchig jedenfalls ist dieses Ungeheuer, weil es sich alles einverleibt und damit jedes potenziell umwälzende Element neutralisiert, entschärft. Dabei benötigen wir doch genau diese Umwälzkräfte so dringend. Ein Ungetüm ist es, weil es seit Ewigkeiten auf seinem gigantischen Berg aus Trümmern und Leichen sitzt, bequem und riesig. Doch waren all die Trümmer, als sie noch nützliche Gegenstände waren, und die Leichen, als sie noch Menschen mit Potenzial waren, einst dafür gedacht, es zu Fall zu bringen. Erst in der jüngsten Geschichte verleibte sich jenes Ungetüm das wichtige Narrativ der Grünen Politik ein, eine Erzählung, an der eine ganze Generation hängt, vielleicht war aber auch das schon vorbei. Wirtschaftseliten und deren politische Verlängerungen haben Schlagworte wie Nachhaltigkeit, Klimawandel, globale Gerechtigkeit, ressourcenschonend und dergleichen mehr zu reinen Worthülsen gemacht. Auch das ist das dickbäuchige Ungetüm. Das war doch absurd, wucherte es in Aaron, das war doch so, als würde sich ein Kinderschänder für das Wohlergehen von Kindern bemühen. Derartige rhetorische Tricks laufen allesamt unter dem bekannten Wort: *Den Wind aus den Segeln nehmen*, auf dass die junge Jolle bloß liegen bleibe.

Auch bei der Heraufkunft des Christentums war eine solche Dynamik zu beobachten, wenn auch das damalige dickbäuchige Ungeheuer unter dem Deckmantel des Monotheismus noch nicht so dick und ungeheuer war wie das heutige. Freilich kann man in mehr als 2000 Jahren einiges essen. Was jene damals neue Religion verspeiste? Unzählige heidnische und also Vielgötterrituale, angefangen bei den altägyptischen Mythen um Osiris, Iris und deren Sohn Horus, über die alljährlichen Festtage des iranischen Mathraismus bis hin zu den Kulten um die altgriechischen Götter Cybele,

Attis und Dionysus.[44] Großflächig weideten die frühen Apostel und Missionare auf jenen fremden Weiden, um sie später dann als die ihrigen zu bezeichnen.

Aaron blieb stehen, sah an sich herab. Sein Aufzug deutete zumindest auf einen Einkauf, vielleicht auf mehr hin. Er griff nach seinem Telefon, vielleicht hatte er eine Notiz getippt – negativ. Hochsensitiv also heute, der Modus des Tages hieß: hochsensitiv. Weit war er ja nicht gekommen, er stand gerade auf Höhe der alten Synagoge, als er innerlich die Fassung verloren hatte.

Manch einer würde Aaron an dieser Stelle ausbremsen, ihm versuchen klarzumachen, dass er sich doch nicht so anstellen solle, schließlich sei überhaupt nichts passiert. Er sei doch nur ein paar Hundert Meter im samstäglichen Getummel in einer mittelgroßen Stadt spaziert. Aus der sogenannten objektiven Perspektive, die vielleicht ihr absurdestes Beispiel im Behaviorismus[45] gefunden hat, mag das sein, dachte

---

[44] Die Publikationen zum Ursprung des Christentums sind unüberschaubar. Neben dem bereits zitierten Brian Muraresku mit seinem kürzlich erschienenen Bestseller *The Immortality Key*, hatte sich auch der große Martin Luther King damit auseinandergesetzt, so stellvertretend in dem Paper *The Influence of the Mystery Religions on Christianity* aus dem Jahr 1949.

[45] Eine, vielleicht die heute dominierende, Strömung in der Psychologie, nach welcher alle Innerlichkeit ausgeblendet wird, um sich rein auf beobachtbare Vorgänge, auf das Verhalten (= Behavior) zu konzentrieren. Offenbar geht es hier nicht mehr um das Erleben, um Emotionen, um subjektive Wahrnehmung, sondern nur mehr um das Erscheinen nach außen, um Fassade. Eine ungeklärte Frage hier wäre, ob Skinner und seine Jünger sich einfach vor der nicht zu bewältigenden Komplexität des subjektiven

Aaron. Doch deren Subjektexorzismus mitgehen? Das schien Aaron entgegen jeder einleuchtenden Vorstellung des Lebens zu sein. Die eigentliche Mächtigkeit jener Szene konnte vielleicht nur jemandem aufgehen, der an diesem ganzen Irrsinn mit offenen Augen kollaboriert und sich also diesem ganzen Irrsinn entgegenstellt, dachte Aaron. Es waren schließlich nicht nur ein, zwei oder drei Menschen, die ihm auf seinem Weg erschienen, auch wenn das schon einer widerwärtigen Behauptung gleichkäme. Die Dutzenden und Aberdutzenden von Menschchen schienen in einer Art Sog einem nicht näher bestimmten Etwas hinterherzusteuern. Was dieses Etwas ist, fragte sich Aaron.

Inzwischen war er wieder in sein Studierkämmerchen heimgekehrt. Seit Minuten starrte er regungslos William Blakes *Erwache, Jerusalem, Erwache* an.

In ihm hatten sich Bilder von und Überlegungen zu diesem Etwas aufgetürmt, die ihre Energie aus langen Beobachtungen bezogen, aus Beobachtungen, die im Grunde ein jeder anderer auch hätte machen können, machen müssen. Seit wann Aaron im Grunde dachte, dass jenes Lichtlein, das von diesem *Etwas* ausgesendet wird, kurz davor war auszugehen, wusste er nicht. Die vielen Menschchen, die diesem Lichtlein just entgegen schwirrten, waren allerdings der bewegte Beweis, dass es noch leuchtete, vielleicht auch nur flackerte.

Erlebens flüchten wollten, oder ob sie ihren Forschungsgegenstand, den Menschen, als Zombie sich vorstellten? Ob Sie damit den Zombie als solchen ein Stück weit realer gemacht haben?

Dabei waren Leuchten und Flackern doch eigentlich gerade die Antithese zu dem, was dieses Etwas ausmachte. Eine Gefahr war dieses Etwas, vom Charakter einem schwarzen Loch eher ähnlich. Erkennen lässt es sich nur indirekt durch Beobachtung, nämlich dadurch, dass man dem Licht folgt, bis es verschwindet. Und hierfür bedurfte es ein weiteres Mal eines sehenden Auges. Hat man es, wird man tunlichst alles daransetzen, nicht darauf zuzusteuern.

Das Durchschreiten der Haustür, das Hindurchgehen durch die Phasengrenze zwischen privatem und öffentlichem Raum verbarg Tücken, wie Aaron wohl also an diesem hochsensitiven Tag zu spüren bekommen hatte. Ganz gleich, in welcher Phase man sich befindet, ob Öl oder Wasser, erst am Übergang von der einen in die andere Phase, erst an dieser Grenzfläche wird der Charakter der privaten Phase zur Behauptung im öffentlichen Raum. Solange außer Wasser nichts anderes zugegen ist, fallen die einzelnen Moleküle nicht weiter auf. Bringt man nun jedoch einige wenige Moleküle dieses Wassers in eine ölige Phase, bildet sich sofort ein Tröpfchen aus. Es fällt auf, dass dies etwas anderes ist, dass dies eine andere Behauptung war, ja, dass hier im Kontrast zum restlichen Öl überhaupt erst sichtbar wird, dass es ein Anderes gibt.

Und auch in diesem jüngsten Fall der Phasendurchmischung, als er durch die Tür gegangen war, musste es aufgefallen sein, kafkaierte Aaron, die Phasengrenze musste klar erkennbar gewesen sein. Nur die Volumenverhältnisse deuteten auf ein Ungleichgewicht: Denn egal wohin er aus seinem Tröpfchen heraussah, überall war die Phasengrenze sichtbar für ihn.

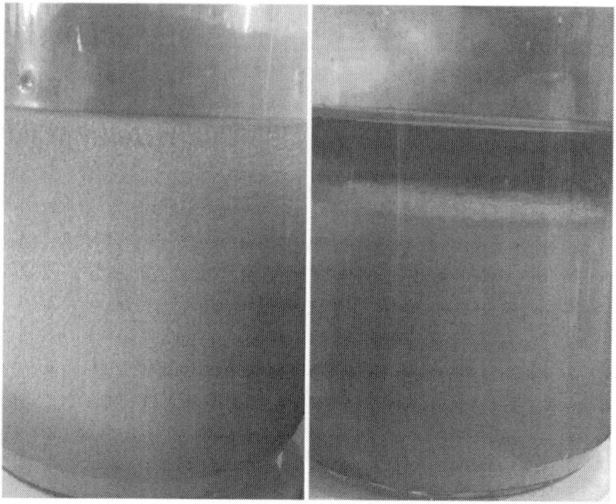

Abbildung 16: M. Halder, *Phasentrennung I.* Links befinden sich feine, fast nicht zu erkennende Tröpfchen in der trüben, wässrigen Phase. Sie enthalten ein komplexes Alkaloidgemisch, tragen also eine ganz bestimmte Eigenschaft. Es entsteht der Eindruck eines homogenen Milieus. Erst später, wenn Ruhe eingekehrt ist (rechts), treten die unterschiedlichen Qualitäten klar in Erscheinung.

Seine private Phase war es nicht, und auch nicht die private Phase der Menschchen, die ihn beunruhigt hatte. Soll er und die anderen doch machen, was sie wollen. Das Problem ist nur, dass sie alle dasselbe zu behaupten scheinen, dass sie nämlich nicht irritiert sind. Das konnte man wieder an jenem bewegten Beweis ablesen. Es musste also so sein: Die privaten Phasen der Menschchen mussten einen ganz ähnlichen Charakter haben wie die lichtundurchlässige, faulige, öligklebrige, öffentliche Phase. Die Konstitution wird, Gott bewahre, nicht identisch sein, doch die Unterschiede sind so minimal, dass Korpuskel ungehindert von der einen Phase in die andere treten. So musste es sein. Die Scheiße kann also ungehindert eindringen, dachte Aaron. Nur Loswerden musste man sie auch wieder, die Scheiße. Schamanen von einst können uns ein Lied davon singen.

Reingesteigert habe er sich, gab ihm eine innere Stimme, vielleicht die seines Mädchens, zu verstehen. Das mag ja sein, gab er zurück, dennoch blieb ein Mehrwert übrig: Aaron hatte ein kleines bisschen mehr erkannt, wie sich das eben mit der Phasengrenze zwischen privat und öffentlich verhält.

Kapitel 17 – Sichtung in Lichtung

„Das Nichtsein [ist] frei von allen Unvollkommenheiten, die jeder positiven Wählbarkeit anhaften.“

Hans Jonas in *Prinzip Verantwortung*

Einen inneren Ort haben, an den man immer wieder zurückkehrt, ein inneres Normalnull, wenn man so will, eine Art Startpunkt, von dem aus all das sich entfaltet, was man will, wohin man will, mit wem man will, warum man will, einen Ort, von dem aus viele, vielleicht alle sich in seinem Subversum verirrten Fäden einst auf den Weg gemacht haben. Heute kann er oft froh sein, wenn er noch die groben Richtungen jener Fäden kennt, um zumindest zu wissen, in welche Richtung er seinen Fuß setzen müsste.

Freilich, das mit der Orientierung in der Welt war für sich genommen keine leichte Sache, dachte es ein weiteres Mal in ihm. Doch wie verwachsen, wild, vielleicht unwirklich waren erst die Pfade der Innerlichkeit und damit die Orientierung darin? Es ist ja keineswegs offensichtlich, wie man wo hingekommen ist. Wie soll man also den Weg zurück oder gar einen weiteren Weg dorthin finden? Und hat man den Ort erst einmal wiedergefunden, wie es uns seit der Vermessung der Welt suggeriert wird, gibt es keinen

Garanten dafür, dass der Ort noch derselbe ist, der er einst war. Vielmehr ist es sogar wahrscheinlich, dass das Wilde oder Überzüchtete sich darübergelegt hat.

Abbildung 17: M. Halder @ MidJourney, *Safe place in the middle of chaos.*

Aaron hatte einen solchen inneren Ort gefunden. Und er hatte sich den Weg dorthin ganz genau eingeprägt. Unscheinbar, fast unsichtbar war er bei seinem ersten Besuch gewesen. Mehr als eine Regung, ein Hauch einer Andersartigkeit war dort zunächst nicht. Es hatte gerade gereicht, um als Signal bei ihm anzukommen. Wäre im selben Moment ein Waldmistkäfer an ihm vorbeigezogen, wäre jenes Signal bereits überlagert gewesen, war er sich sicher. Doch Aaron hatte es gehört.

Seither sucht er jenen Ort regelmäßig auf, um sich zu sortieren, um von seinen megalomanen wie mikrolomanen Gedanken wegzukommen, um sich frei zu machen von den Hunderten von Stimmen in seinem Schädel, die sich zusammensetzen aus realen wie aus fiktiven Figuren, aus fernen und nahen Figuren, manche klar wie reine Geister, andere verschwommen, vermischt, kaum erkenn-, aber doch vernehmbar, die allesamt an ihm ziehen, reißen, ihm einflüstern, ihn anschreien, ihm offensichtliche oder subtile Befehle geben, ihn mehr oder weniger bewusst versuchen zu täuschen, zu lieben, zu verachten, zu verehren. Figuren, mit denen er seine Stellung verhandeln musste – immer, und immer wieder.

Wann immer Aaron das Gefühl, nicht mehr selbst am Steuer zu sein, überkam und nicht wieder von ihm ließ, manchmal noch für Stunden – früher waren es Tage, Wochen, gar Monate gewesen, erinnerte er sich – sah man ihn auf seiner kornblauen Yogamatte, die inzwischen an Hand- und Fußdruckpunkten braune Schatten zeigte, alternierende Schweiß- und Schmutzschichten, an denen sich die letzten fünf Jahre Lebenswandel rekonstruieren ließen. Er hatte sich angewöhnt, eine Kerze im Vorfeld zu entzünden, die inzwischen integraler Bestandteil seines Innerlichkeitskompasses geworden war.

Anfangs dachte er noch, dass es bei den körperlichen Ertüchtigungen einzig um das Sichtbare danach gehe. Dann war ihm die Ästhetik auch im *Währenddessen* aufgegangen. Erst im Laufe etlicher Monate spürte er das Ausstrahlen dieses Rituals in seine gesamte geistige Konstitution. Wäre er nach wenigen Wochen weitergezogen, hätte er nach wenigen Wochen sich weitertragen lassen vom Strom der Überreizung, wäre ihm letztere Wirkung dieses Ortes, unter anderen, verborgen geblieben. Vieles hätte dafürgesprochen, gab es doch eine nicht zu überschauende Anzahl an gepriesenen Orten, war doch das Eintauchen in die Unzulänglichkeiten des ureigensten Gestells mit zu vielen körperlichen Schmerzen verbunden, glich doch die wiederholte Enthüllung der eigenen Verblendung einer wiederholten Selbstkasteiung.

Doch die Stimmen wurden leiser, weniger Befehle drangen zu ihm durch. Auch entwickelte er eine bestimmte Form des Masochismus, sodass ihm ein gewisser Grad an Dehnungsschmerz Befriedigung verschaffte. Er entdeckte die Langsamkeit des wirklichen Fortschritts, das genaue Hinsehen, um die minimalen Verschiebungen hin zum Licht zu registrieren, er entdeckte während der Überschreitung von immer neuen körperlichen Grenzen oft eine bestimmte Art der Angst, die genau für jene Grenzen verantwortlich zu sein schien, mit jeder tieferen, ja neuen Körperhaltung schien seine Angst leiser zu werden, er entdeckte seinen Körper als Werkzeug, mit dem sich seine Gedanken justieren ließen.

Erst viel später las er bei Vasant Lad, dass der Yoga nicht auf das Wohlergehen des Körpers ausgerichtet ist, sondern auf das des Geistes.[46]

Egal von wo aus Aaron seine Reise an jenen Ort unternimmt, der Weg beginnt mit diesem seinem Ritual. Fundamental sind die Unterschiede zu einem rein geografischen Orientierungsbegriff. Die eigentliche Orientierung beginnt vielmehr erst dann, wenn die rein geografische Reise vorläufig auf der Matte zu einem Ende gekommen ist, dann nämlich, wenn neben eine räumliche Dimension eine zeitliche gestellt wird.

Im Yoga wird Lebenszeit in Körperlichkeit verwandelt, die dann im Raum in Erscheinung treten kann. Das war keine Zeitverschwendung, das war Zeitkonservierung, das war kein Verlorensein im Trichter der Grässlichkeit, das war ein Gefundensein im Kanon der Menschen, das war kein Dämmerschlaf zum Selbstschutz, das war Wachsein zur Selbstwerdung.

Der Ort, den Aaron aufsucht, ist ein Ort, der dem Wandel unterliegt, ein Ort, an dem das Wilde wirken darf, wirken soll,

---

[46] Der altindischen Tradition gemäß gibt es zwei grundlegende Methoden für einen guten Lebenswandel. Die eine wird Yoga genannt und ist zuständig für die Entwicklung eines gesunden Geists. Die andere wird Ayurveda genannt. Sie ist zuständig für die Heilung des Körpers. Diesen schönen Dualismus fanden wir in *Ayurveda – The Science of Self-Healing* von Dr. Vasant Lad. Man mag hier an den großen Leib-Seele-Dualismus im Abendland denken – dem Leib haben wir uns seither intensiv zugewandt, nur der Geist scheint auf der Strecke geblieben zu sein.

es ist ein Ort, an dem das wilde Leben Aarons einen beständigen Wandel in Aaron bewirkt, es ist der Ort, an dem sich Aaron selbst hervorbringt. Das ist Autopoiesis, wie sie Francisco Varela gedacht hat.

Und irgendwann wird das ganze Spiel zu Ende gehen, dachte Aaron, irgendwann wird er nicht mehr sein, wird er unsichtbar werden, sich auflösen, verschwinden. Dann wird das Wirken, wird die persönliche Autopoiesis vorübersein, also müsse er zusehen, das eigene Wirken bis zum absoluten Stillstand in irgendeiner Weise konserviert zu haben, dachte Aaron. Man muss den eigenen Algorithmus – und ist nicht jeder Mensch eine Art Algorithmus mit Schleifen und ewigen Wiederholungen? – in der Welt verankern. Vielleicht ist das allein der Antrieb für das Leben schlechthin.

Doch genug davon. Die Irritation des gestrigen Tages jedenfalls, als seine Phase im Inneren an der Grenze zum Äußeren zur Behauptung wurde, hatte ihn auf seine Matte gezwungen. Auch das war ein Wert dieser sogenannten objektiven Überreaktion, jedenfalls dann, wenn sie auch auf die Stunden danach verlängert würde. Und was wäre im Zeitalter der Kausalität näherliegend, als dass das Ende einer Geschichte bereits in deren Anfang verweilte?

Ihm kam ein T-Shirt in den Sinn – eine freie Assoziation, scheu wie ein Reh, ein klares Zeichen für das Ende der Aufruhr – das eine korpulente Mittzwanzigerin getragen hatte. Neben den großen Lettern hatte sich nur mehr ein gewisses

Gefühl von Nähe zu dieser Person in ihm verirrt. Kein Gesicht, keine Haarfarbe, keine Beine, keine Schuhe, dafür aber einen Hinweis, der ihm auch erst über die Jahre aufgegangen war: *Breathe In, Breathe Out*, zweireihig, schnörkellos und fett, schwarz auf weiß – ganz einfach. Es ist schließlich der Atem, der ihm auf der Matte der bestimmende, vielarmige und umherschwebende Wegweiser war, der ihn herausforderte, der ihm seine gegenwärtigen Grenzen aufzeigte, der nie über- aber auch nie untertrieb. Wertungsfrei dämpft er die Selbsterhöhung ebenso wie die Selbsterniedrigung.

Fließt der Atem bis tief in den Unterleib, ist der Fokus vollständig auf das An- und Abfluten der Luft gerichtet, nickt ihm sein Wegweiser bestätigend entgegen. Mischen sich Erinnerungsfragmente darunter, so schüttelt er mit dem Kopf. Übernehmen Bedenken, gar Angst ob der Machbarkeit eines Asanas, nimmt er mich an der Hand, ganz langsam, ganz behutsam. Wird ein Schmerz die dominierende Strömung, setzt er aus und hofft darauf, dass ich wieder zurückkomme. Ganz ohne die Schmerznote wird hingegen keine Selbstüberwindung möglich sein, wird keine Befreiung sich fortpflanzen können. Denn gerade das bewusste, willentliche Ausharren in einer wenig lieblichen Stellung lehrt einem die Konfrontation als Handlungsoption zu erkennen, ja zu begrüßen. Und hier höre ich nun die Menschen zwei Generationen vor mir im Kanon singen: Was du heute kannst besorgen, das verschiebe nicht auf morgen. Doch geht es in dieser

Angelegenheit gerade nicht um Besorgungen, würde mancher entgegenhalten, zielt doch der Yoga auf Auflösung der Besorgung durch Auflösung des Rahmens, in dem allein das Problem ein Problem ist.

Gerade in der Konfrontation dieser affektiven Ausweichmanöver, die unser Gesamtsystem automatisiert hat, finden wir die Richtungen organischen Wachstums, einem Baum nicht unähnlich, der seine Äste in Rückkopplung mit seiner Umwelt nach und nach ausfährt. All die kleinen Verlegenheitskeime, all die kleinen Angstkeime, die sich in alle Richtungen ausdehnen, in welchen wiederum neue Keime gedeihen, die sich ihrerseits in alle Richtungen ausdehnen – diese regelrechte Keimdynamik zwingt unserem Gesamtsystem auf diese Weise einen ganzen Affektwald auf, der uns den Raum für Wachstum nimmt, sind wir doch nur mehr mit der Abarbeitung von Automatismen beschäftigt. Auch hier setzt der Yoga an, dachte Aaron, in der Kultivierung frischer, grüner Triebe, die anderweitig verkümmern und schließlich absterben würden.

Gute zwei Stunden später konnte man Aaron auf seiner Matte liegend von innen heraus leuchten sehen. Er hätte schwören können, dass es in diesem Moment aus jeder wahrnehmbaren Pore eine Knospe herausdrückte, so sehr spürte er die Lebensgeister in sich. Dabei würde Savasana, die Totenstellung, von außen betrachtet erneut einen anderen Schluss nahelegen. Ein weiterer Hinweis auf trügerische Fassaden.

Kapitel 18 – Krähendämmerung

„Den eigenen Körper in ein Versuchslabor zu verwandeln, war in der Wissenschaft im Zeitalter der Aufklärung nichts Ungewöhnliches.“[47]

Benjamin Breen in *Age of Intoxication*

Vorbereiten, Aaron müsse sich vorbereiten, hallte es immer wieder durch seinen Schädel. Sich Zusammensetzen aus den unüberschaubaren Splittern, die die alles zermalmende Zeit aus seinen Eindrücken, Gefühlen, Erinnerungen und Schlussfolgerungen gemacht hat. Sich in Gänze Zusammenschauen heißt urteilslos Jasagen zur Gesamtheit des Erlebten und Imaginierten – ab einer gewissen Flughöhe lässt sich letztere Unterscheidung ohnehin nicht aufrecht erhalten, verbesserte es ihn. Und wer keine Vorstellungskraft hat, der soll gefälligst Schopenhauer oder sonst wen lesen, schrie er emphatisch hinterher. Vorbereitung war jedenfalls auch das, was Aaron als Überschrift über seine Notfallliste hätte schreiben können, stellte doch jede Position darauf eine Zusammensetzungstechnik dar. Pech hat, wem keine Splitter gegeben sind, wem lediglich fertige, ausgetretene Pfade ersichtlich sind. Auch der soll gefälligst Schopenhauer lesen oder LSD nehmen, denn ausgetretene Pfade muss man sich nicht vorstellen,

---

47 Unsere Übersetzung.

sie springen ins Gesicht, sodass man ihnen eher mit Diogenes sagen müsste: Geh mir aus der Sonne.

Aaron hatte sich zusammengesetzt, in mühsamer Kleinarbeit, er fühlte sich vorbereitet, wollte in die Sonne gehen. Aaron hatte Lust auf ein Spiel, auf ein gefährliches Spiel, vielleicht auf das gefährlichste aller Spiele. Über Wochen, nein über Monate hinweg hatte er sich an seine Liste gehalten – nicht ohne Grund, schließlich musste er aus einem derart dunklen Loch herausfinden, dass dort weder Fledermäuse lebten, und überhaupt lebte dort gar nichts mehr.

Aaron war heute entschlossen, eine Abfolge von Bildern zu sehen, die ihm seine Seele aus jener Gesamtheit des Erlebten synthetisieren wird, er war entschlossen hinzusehen, er wollte Jasagen. Gleichwohl gestand er sich ein, dass er aufzupassen hat, war sein heutiges Gemüt doch allzu überschwänglich. Er musste Acht geben, sagte er sich immer wieder. Zwar war ihm der Charakter des vor einigen Wochen gekochten DOMs[48] bereits bekannt, doch überraschte es in der Vergangenheit immer wieder mit neuen Facetten. So wirklich durchdringen lassen sich derartige Wahrnehmungsmodulatoren nicht. Bisweilen kamen sie ihm fast menschlich vor, diese Entheogene. Da denkt man, man hätte sie verstanden und im nächsten Moment eröffnen sie Ansichten über

---

48 Auch dieses Meskalinderivat verdanken wir dem großen Alexander Shulgin. Im Volksmund ist es inzwischen als Super-LSD verschrien, weiß die Wikipedia.

die eigene Person, über die Menschheit, den Kosmos, über Gott – auch die Vorstellungskraft derjenigen Menschen, die auf vermeintlich objektiven Kreativitäts- und Fantasieskalen das Feld anführen, würde hier an ihre Grenze stoßen, zu fern ist der Ort, an den man katapultiert wird, zu lähmend sind die Gewalten, die von dort her ausströmen, zu unmenschlich, gar göttlich ist das Licht, um allzu menschliche Sorgen, Bedürfnisse und Wünsche sehen zu können.

Aaron ging schon eine ganze Weile fast manisch in seinem Raum auf und ab, lief den Rand seines Teppichs ab, als wollte er sich in der Welt einen festen Rahmen geben, touchierte seinen Arbeitssessel, sodass dieser sich im Kreise drehte, als wollte er damit das Gedankenkreiseln in der Welt verankern, um selbst einmal durchzuatmen. Schließlich setzte er sich zu Boden und atmete. Er ging seinen Tagesplan in Gedanken durch. Was er brauchte: Seine Trinkflasche, einen Apfel, nein, besser zwei Äpfel, einen warmen Pullover, ein Notizbuch mit Bleistift, Zigaretten und Kokain, Kopfhörer, Telefon und Schlüssel. Er wollte mit dem Rad auf die Winzerer Höhen fahren, dort das Rad abstellen und unterhalb des einsamen Landhauses auf der Wiese sitzen und auf die ersten Anzeichen der Flut warten.

Aaron ging zum Gefrierfach, holte das Schnappi heraus, steuerte geradewegs auf seine Feinwaage zu und wog sich fünf Milligramm DOM ein. Mit einem Spatel beförderte er das weiße, leicht hygroskopische Material in eine kleine Kapsel und verschloss selbige. Nachdem er seinen Rucksack gepackt und gesattelt hatte, zog er die Tür hinter sich zu. Es war ganz herrlich dort draußen, es musste spät im Frühjahr gewesen sein, die Sonne kämpfte sich ihren Weg durch die schmalen, hohen Gassen auf das Kopfsteinpflaster.

Keine 30 Minuten später hatte Aaron seinen Plan in den Tag gebracht, jedenfalls soweit sich dieser planen ließ. Dorthin wollte er, von dort aus wollte er die Reise beginnen, dort, wo der Blick über die politisch am weitesten links geltende aller bayerischen Städte bis über deren Grenzen schweifen konnte.

Es lagen mindestens 18 Stunden vor ihm, das war der Einsatz, den man zu bringen hatte, wollte man es mit jenem Spielgefährten aufnehmen. Aaron war entschlossen, abermals. Er nahm seine Trinkflasche heraus, öffnete diese und spülte die Kapsel herunter. Die Applikation gestaltet sich in diesem Fall sauber, pharmazeutisch, klinisch. Das kann auch anders aussehen, freute sich Aaron. Er steckte sich eine Zigarette an, um die Gedanken in gewohnte Bahnen zu lenken, solange dies noch möglich war. Ihm blieben noch zwei, vielleicht drei Stunden, bis die Wirkung vernehmbar würde. Das langsame Anfluten war einer der Vorteile dieses Meskalinderivats, auch wenn es einige unerfahrene Konsumenten dazu verleitete, eine zusätzliche Dosis zu nehmen, noch bevor die erste Dosis zu wirken begann. Hier kann man nur sagen: Man sollte wissen, womit man es zu tun hat.

Wie dem auch sei, bis es bei ihm so weit sein sollte,

wollte Aaron eine Weile in der Sonne liegen und Musik hören, etwas Klares, Reines musste es sein. Er kehrte zu Bach zurück. So hatte er begonnen, so musste er weiter machen. Vorbereitung, schoss es ihm durch den Kopf, Vorbereitung! Und: Gefährliches Spiel, sehr gefährliches Spiel!

Im Laufe der Bach´schen Brandenburgischen Konzerte streichelten ihn bereits mehrere sanfte, wohlige Schübe in der Bauchgegend. Aaron kam nicht umhin, dieses Gefühl mit der Vorfreude vor dem Treffen mit einer jungen, frischen Geliebten zu vergleichen, so sehr staute sich während dieser Schübe die Freude an. Noch brach sie sich in der Form eines breiten Grinsens Bahn, später dann sollte sie ihn derart übermannen, dass er nur mehr von ganzem Herzen laut herauslachen musste.

Es war Zeit geworden sich in Bewegung zu setzen. Die innere Unruhe wollte sich nun offenbar in den Vordergrund schieben. Es waren gute zwei Stunden vergangen, sagte ihm die Musik. Er musste sich in etwas weniger bewanderte Gefilde aufmachen. Auf der Bank etwas weiter unten hatte sich unbemerkt ein Paar niedergelassen, Läufer waren unterwegs und auch die Hunde mit ihren Anhängseln werden nicht mehr lange auf sich warten lassen. Er hatte zwar noch das Zepter in der Hand, doch brach die zunehmend kindlichere Freude bereits regelmäßiger durch, ja schlug vielleicht für Außenstehende bereits in Albernheit um. Etwaige Irritationen wollte er unterbinden, zu kostbar wären die Minuten in

Echtzeit, zu unberechenbar das Echo, welches die nächsten Stunden tönen könnte.

Er schulterte seinen Rucksack und marschierte los. Er fühlte sich heiter, energetisch, leichter als gewöhnlich. Wenn Unruhe sich breitmacht, muss man sich in Bewegung setzen, erinnerte sich Aaron. Er ging Richtung Nordwesten, vorbei an einem Ort, wo er noch vor Jahren unter dem Einfluss von Psilocybin zusammen mit seinem Mädchen fossile Muscheln entdeckt und für Stunden nicht mehr von ihnen gelassen hatte.

Aaron stand mitten auf einem Feld. Dem Gestank nach musste dort Kohl angebaut worden sein. Er urinierte auf freier Flur. Als er fertig war, bemühte er sich, wieder die Kontrolle über seinen Musculus Sphinkter zu erlangen, doch spürte er eine derart tiefe Entspannung, die auch seine willkürliche glatte Muskulatur betreffen musste. Er kannte dieses Phänomen: Es fühlte sich an, als würde er weiterhin urinieren, nur mit dem Unterschied, dass er nicht urinierte. Dasselbe entdeckte er nun auch an seinem rektalen Schließmuskel. Um auf Nummer sicherzugehen, griff er sich an den Hintern. Es war alles in bester Ordnung, vorausgesetzt man kann etwa eine halbe Stunde vor dem Wirkungsmaximum überhaupt davon sprechen. Jener Eindruck – gefühlt die Kontrolle über seine Schließmuskeln zu verlieren – war einer der Vorboten, die die Potenz der noch bevorstehenden Erfahrung ankündigten. Bei Erikson[49] hatte er vom Festhalten und Loslassen gelesen, von der sogenannten analen Phase, die Menschen bekanntlich im ersten Lebensjahr durchlaufen. Und damit meinte er zuerst einmal das Festhalten und Loslassen von Gegenständen mit der Hand. So könnte man dieses Phänomen als ein Zurückkatapultiert-Werden in jene Lebenszeit lesen. Offenbar gehört die Überwältigung und Kontrolle jener Muskulatur zu einer gewissen Tiefenschicht, die Aaron nun wohl erreicht hatte – so oder so ähnlich eilte er dem Gedanken hinterher.

In der Ferne machte er einen etwas exponierten Forst ausfindig. Die Konturen der Baumkronen begannen bereits zu verschlieren. Noch konnte er nicht mit Sicherheit sagen, ob es an ihm oder an dem leichten Lüftchen lag, das wehte. Der Wald würde ihm jedenfalls Schutz gewähren, vielleicht wäre der Waldrand ein guter Ort, um ein Basislager aufzubauen. Im Grunde wollte er nur irgendwo einen Anker in der Welt haben, um seine Sieben Sachen abzulegen. Einen Ort, von dem aus Expeditionen gemacht werden können, einen Ort, an dem er Proviant, Zigaretten und seine Notfallmedikation finden würde.

Es war indessen auch Zeit geworden für einen solchen Ort. Er wusste nicht, wie lange er noch umsorgende Gedan-

---

49 Ein wichtiger Titel hier war *Identität und Lebenszyklus* gewesen, der selbstredend weit über die anale Phase hinausgeht.

ken hegen konnte. Er schlug seine schwarz-rot-karierte Expeditionsdecke unter einer ausladenden Eiche direkt in erster Reihe des Waldes auf und sah in den Himmel. Es war wichtig, sich mit seinem Basislager vertraut zu machen, etwas zur Ruhe zu kommen. Am Himmel standen wenige Wolken, die die Sonne nicht länger als fünf Minuten verdunkeln dürften, sollten sie ihm in die Quere kommen, überschlug er noch souverän.

Er setzte sich auf und rauchte. Vor ihm erstreckte sich dürres Grasland, das leicht abfiel. Etwa eine halbe Stunde Richtung Regensburg musste der Weg zwischen den Feldern hindurch gegangen sein, bevor er fast ferngesteuert seinem jetzigen Standort entgegenging. Die Zigarette schmeckte bereits nicht mehr, dennoch hielt er daran fest, vielleicht weil er sich inzwischen sicher war, dass es nicht der Wind war, der die Konturen in der Ferne verschmierte.

Er sah wieder in den Himmel. Er fixierte eine Wolke, und schon bald bemerkte er, dass alle nicht fixierten Wolken sich zu bewegen begannen. Sofort fokussierte er eine der anderen Wolken, die sich eben noch unnatürlich schnell verformt hatte, wie er glaubte. Die Wolke ruhte jedoch, wie jene zuvor fixierte. Nach kurzer Zeit bekam er den Eindruck, dass nun die anderen Wolken in Deformierung begriffen waren. Er veränderte seinen Fokus erneut. Und wieder machte er dieselbe Beobachtung: Die Wolken hatten einen recht großen Abstand zueinander, sodass am gesamten Firmament etwa

50 Wolken zu sehen waren, auch wenn sich die Halluzinationen inzwischen beträchtlich überlagerten und er sich nicht mehr sicher sein konnte, ob das auf seiner Netzhaut erzeugte Abbild der Welt nicht bereits Verdopplungen oder gar Vervielfachungen zeigte. Jedenfalls erlaubte es ihm seine Sehfertigkeit nur mehr, einen kleinen Einfallwinkel scharf zu stellen. Und bereits nach wenigen Momenten begannen die Wolkenobjekte im Augenwinkel wieder zu tanzen, als würden sie eine Art kosmische Musik hören und sich dazu im Gleichschritt bewegen. Keine willkürlichen Bewegungen waren das, sprach Aaron laut aus.

Vielleicht war das der dynamisch materialisierte Beweis für das Funktionieren seiner und aller anderer Gehirnprozesse, musste Aaron gedacht haben. Wir konzentrieren uns auf etwas Bestimmtes und im Hintergrund spinnt unser Gehirn Fantasien von Akteuren und Objekten, die wir irgendwo in den hintersten Winkeln auf dem Schirm haben. Nur bekommen wir dieses Spektakel durch die vielen Filterfunktionen unserer Wahrnehmung gar nicht mit, dieses Spektakel ist gewissermaßen sublatent. Vielleicht war das auch ein Ausdruck der ubiquitär angelegten Gedankenkette, dass überall etwas los sein muss, nur nicht dort, wo man selbst ist, also letztlich nur eine sichtbare Form der modernen Angst, etwas verpassen zu können.

Aaron war mittendrin. Die Uhr zeigte vier Stunden nach Applikation. Er musste bereits eine ganze Stunde in den Himmel gestarrt haben. Er atmete tief ein und aus. Er sah, wie sich die Wolken anhoben beim Einatmen und absenkten beim Ausatmen. Wenn er mit der Hand über die Wolken strich, so wirbelten sie umher. Die Äste über ihm wuchsen wie feine Äderchen in den Himmel, durchzogen die Wolken, verdunkelten gar den Himmel, als würden sie ein riesiges Dach kreieren wollen.

Aaron setzte sich auf, griff nach der Flasche. Das kalte Wasser lief seine Speiseröhre hinab und tropfte spürbar in seinen Magen. Er versuchte aufzustehen, doch die Turbulenzen auf seiner Decke waren bereits genug, er wollte zunächst noch nicht herausfinden, was passieren würde, wenn er seine Decke verlassen würde. Aaron atmete. Dann sah er etwas, das wie ein Apfel aussah. Er wollte ihn in die Hand nehmen – daneben. Neuer Versuch – wieder daneben. Nun sah es aus, als würde der Apfel etwa zwei Meter entfernt vor ihm liegen. Er legte sich auf den Bauch und kroch näher heran. Dann nahm er seinen Arm und strich mit ihm über den Boden, so wie es Kinder im Winter machen, wenn sie im Schnee einen Engel zu formen versuchen. Erwischt. Tatsächlich war es ein Apfel, er musste ihn eingepackt haben, stellte er selbstzufrieden fest. Er war kalt und leuchtete in Rot und Gelb. Er war sich sicher, dass er hineinbeißen konnte. Dann kaute Aaron. Und er kaute noch mehr. Apfelig, dachte er, der schmeckt unglaublich apfelig. Wie mächtig sein Kiefer war, wie er damit das Fruchtfleisch zermalmte, dass es nur so spritzte, kaum dass er Mühe aufwenden musste. Das Kauen brachte etwas Ruhe in seine Umwelt, stellte er fest, allerdings nur solange er auch tatsächlich kaute. Vielleicht könnte er es, mit dem Apfel ausgerüstet, noch einmal wagen aufzustehen, hörte er es in sich.

Von außen betrachtet musste es ausgesehen haben, als würde er auf langsam sich bewegenden Eisschollen umhertippeln, die jeden Moment drohten in kleinere Eisschollen zu zerbrechen, manche bereits jetzt schon so klein, dass sie beim Darauftreten nachgaben.

Plötzlich stieg eine schwarze Krähe unter lauten Schreien vom Waldboden auf. Noch Minuten später vernahm er das Echo, sodass er nicht mehr hätte sagen können, ob es Echo oder tatsächliches Signal war. Aaron konnte nur mehr die Schlieren erkennen, die deren Flugbahn hinterließ, keine zehn Meter entfernt. Es war erstaunlich, wie scharf der Klang war, gelang es ihm doch zunächst nicht, die Krähe selbst zu sehen, lediglich den am Boden ansetzenden und durch die Baumkronen verschwindenden Pinselstrich, den sie hinter sich herziehen musste. Hätte ihm einer just erzählt, dass an den Schwanzfedern der Krähe ein offenes Töpfchen einer schwarz-flüchtigen Farbe festgebunden wäre, ihm wäre nichts anderes übrig geblieben als es zu glauben.

Indes war Aaron in eine Art Fluchtmodus eingetreten. Der Boden unter seinen Füßen musste durch das Adrenalin erneut an Festigkeit gewonnen haben, wie sonst sollte er wieder aufs offene Feld gerannt sein – und da war sie, am Ende des Pinselstrichs musste sie gewesen sein. Aaron kniff die Augen zu, so sehr blendete ihn das Tageslicht. Die Krähe hatte sich vervielfältigt – er sah gen Himmel, links, rechts, er konnte nicht fassen, was er sah: Hunderte, nein Tausende von schwarzen Vögeln malten schwarze Schlieren in das Blau des Himmels – Krähendämmerung, so musste eine Krähendämmerung aussehen, fast war es Nacht geworden, in nur einem Augenschlag war es Nacht geworden. Sofort rann er Richtung Waldrand zurück, irgendwo dort musste sein Basislager gewesen sein.

Abbildung 18: M. Halder @ MidJourney, *Dusk of crows.*

Dann sah man ihn in seiner Decke eingewickelt in Embryostellung liegen, die Augen geschlossen. Er hatte gekotzt. Die Körperlichkeit zu spüren, war ihm gut bekommen, sie brachte ihn jedenfalls für Momente mit einem Fuß auf den Boden. Das Kokain, er müsste es irgendwie schaffen, das Kokain zu greifen zu bekommen. Er hatte es in einem Nasenspray gelöst, so war der Konsum idiotensicher. Er begriff das Spray als seine Versicherung, die ihm in Situationen der Paralyse den nötigen Schub gab, um sich aus dem Gegenwärtigen zu befreien, sollte es denn nicht mehr auszuhalten sein.[50] Zum Glück waren die Krähen verschwunden, zum Glück wärmten ihn die Strahlen der Sonne, die tief in sein Fleisch eindrangen.

Für ein, zwei, vielleicht auch für drei Stunden musste er so dagelegen haben, regungslos der Körper, in einer Zeitmaschine sein Gehirn. Auch nur einen Gedanken festhalten zu wollen – wenn er das denn gewollt hätte – wäre ein hoffnungsloses Unterfangen gewesen, zu kostbar waren die Stunden in diesem göttlichen Licht, so göttlich, dass man jeden reflektierenden Gedanken über Bord werfen will, weil das direkte, unfiltrierte Erleben von Erleuchtung zu Erleuchtung zu Erleuchtung führte, oder besser: raste. So ähnlich musste Gott wirken, etwas anderes als Überwältigtsein von

---

50 Ein etwas in die Jahre gekommener Psychonaut eröffnete uns diese Strategie vor Jahren auf einem Festival unweit des polnischen Dorfes Garbicz.

dessen Anblick war nicht einmal denkbar. Denken kostet gemeinhin Energie, hier war es eher Energie, die in ihn einströmte, die in ihm Gedankengänge ausleuchtete, die bereits da waren, wer auch immer diese dort angelegt hatte. Er selbst konnte es ja wohl unmöglich gewesen sein.

Aaron war inzwischen aufgebrochen, setzte einen Fuß vor den anderen. Er hatte sich einmal links, einmal rechts in die Nase gepumpt. Die Dämmerung würde bald einsetzen. Das musste eine Art Urinstinkt sein, dass man sich dann besser auf den Nachhauseweg machen sollte. Fahrrad, er musste sein Fahrrad wiederfinden. Fast stolz war er auf seinen pragmatischen Gedanken, die in diesem seinem Zustand so fern waren.

Wenn der Gedankengang sich zusammensetzt aus einzelnen Schritten, so bildet jeder Satz ein Trittbrettchen, von dem aus man sich abdrücken kann, um dann den Schritt einzuleiten. Nun schienen ihm die Sätze in normalem Licht sehr viel gefestigter, es schien ihm, als könnte man in normalem Licht allzu lange auf diesen Sätzen stehen. Hier, in diesem göttlichen Licht, waren diese Trittbrettchen nicht gefestigt, sie waren nicht einmal aus Holz, sie schienen mehr aus einem Wachs zu bestehen, dass allein unter der Wärmeentwicklung des vom Fuß verursachten Drucks zu schmelzen begann und also dazu zwang, den Schritt vorzeitig zu machen. Dabei machte ihm das keineswegs Angst, war es doch kein Schritt ins Ungewisse, wie es zumindest beim normalen, kräftezehrenden Denken immer in gewisser Hinsicht bleibt. Hier nun waren die nächsten und übernächsten Wachsblättchen bereits ausgeleuchtet. Das absurde an diesem Spiel war nun dessen Eigendynamik, die ihm einerseits den Weg schmackhaft servierte – ohne zu wissen, ob, und wenn ja, wann ein festes Trittbrettchen kommt – und so im gleichen Zug den Schritt zur Haltestelle als Vergeudung maskiert. In dieser Dynamik musste die Wurzel eines jeden Wahnsinns verborgen sein, dachte Aaron fast klar, langsam die Wirkung des Kokains versiegen spürend.

Sein Fahrrad, da war sein Fahrrad, unschuldig lehnte es an der Hecke, als hätte es nie etwas anderes gemacht. Ein Schloss – er musste einen Schlüssel bei sich haben. „Aufsperren, das Schloss aufsperren", flüsterte er sich zu, als müsste er sich selbst den Befehl geben. Dann fiel ihm William Blake ein, oder besser seine Beobachtung, dass sich die Augen nie in größerer Konkurrenz zu den Ohren befanden,[51] als in einem solchen hochsensitiven Zustand: Da war die krächzende Krähe, die den Himmel schwärzte, der pfeifende Wind, der das Blattwerk des Waldes in rote, orange und gelbe Wirbel verwandelte, das pulsierend ausstrahlende Glockengeläut einer nahen Kapelle, das blutige Zermalmen eines saftigen, apfeligen Apfels. Musik, dachte Aaron, er wollte Musik hören, Fahrradfahren und Musik hören.

---

[51] Es dürfte keine große Überraschung sein, dass der große Mystiker William Blake auch in dem bereits erwähnten Klassiker *Road to Eleusis* Erwähnung findet.

Er konnte nicht fassen, was hier los war, dort mit dem Körper auf dem Rad, mit dem Kopfhörer auf dem Kopf, mit der Musik in seinen Ohren, mit der Musik in seinen Augen: Die Musik färbte die Welt ein, zog Schlieren in den Raum, Töne einer Harfe tropften vom Himmel, tropften in ein Meer aus Wellen und Wogen in Farben, die er nicht kannte, eine Violine blitzte wie in Zeitlupe durch das Sichtfeld, als würde sie sagen wollen: Pass auf, hier komme ich – alles Fragmente einzelner Standbilder eines völlig einzigartigen Films, der nur jetzt, nur hier und nur von ihm gesehen werden konnte. Danach wird er für immer verloren sein. Und auch das wieder nur ein mickriger Versuch, das festzuhalten, wovon man in einer *participation mystique*[52] ergriffen wird, festzuhalten, hier in Sprache, wofür es doch keine Worte gibt. Was so schwierig daran sei, hatte man ihm gelegentlich an den Kopf geworfen. Mal sehen, dachte er viel später, längst im sicheren Hafen seines Studierkämmerchens: Eines der Hauptprobleme ist die Zeit – mit Lichtgeschwindigkeit vollziehen sich das Erleben, Bilder, Gefühle, Geschichten, Zusammenhänge, Muster; Jahrhunderte, Jahrtausende schrumpfen zu einem Schlüsselmoment zusammen, Völker und Kulturen werden in einer einzigen Seele gebündelt, Menschen erscheinen als kurz aufleuchtende Sternschnuppen; all das scheint

[52] Wörtlich übersetzt in etwa: mystische Teilhabe. Wir danken dem großen Mircea Eliade für diesen noch unverbrauchten Begriff – wir wissen indes nicht, aus welchem Hut Eliade ihn gezaubert hat.

parallel abzulaufen, auf mehreren Ebenen, in mehreren Dimensionen; all das wird gleichberechtigt nebeneinandergestellt, leuchtet gewissermaßen in einem großen raumzeitlichen Bild auf, mit Lese- oder Zuhörgeschwindigkeit vollzieht sich die Beschreibung, linear, selektiv, strahlenartig; beginnt man den einen Faden in die Hand zu nehmen, hat man alle anderen verloren.

Aaron jedenfalls hatte geheult, Aaron hatte sich fast totgelacht, Aaron hatte tiefste Dankbarkeit empfunden, Angst auch und übersprudelnde Freude, Aaron hatte Ohnmacht erfahren und Gott geschaut, er hatte seinen Namen vergessen, wie alt er war und dass er seinem Körper Essen geben musste, Aaron war auf allen Kontinenten der Erde zu Hause gewesen, sogar auf dem Mond hatte er getanzt, Aaron hatte das Leben seines Vaters, dessen Vaters und Vatersvater durchlebt, er hatte mit Bäumen gesprochen und Kraken umarmt, er hatte sich aus Tausenden und Tausende aus sich sprechen gehört, er sah seine Wirkung in der Welt, die Idee seiner Seele, auch deren Stückwerk, auch das Stückwerk all der anderen Seelen, die Welt war in ihn eingeströmt und er hatte sie wieder ausgeatmet. Wirklich. Was geblieben war?

Kapitel 19 – Und tief unten die Stille

„Die Zugehörigkeit zur Welt ist nicht heilbar."
Bruno Latour in *Das Terrestrische Manifest*

Stille, kosmische Stille hatte sich in Aarons Tiefenschichten eingefunden. So ähnlich musste es sich im extraterrestrischen Raum anhören, dachte er. Die Gedanken der Tausenden waren über Wochen, nein über Monate hinweg zum Grund gesunken, hatten sich Schicht für Schicht in Sediment verwandelt, waren nun als komprimierte Denkdynamiken für ihn ersichtlich, aufrufbar. Aushalten, ein langes Aushalten bis hierher. *Expose yourself*, hatte ihm sein früherer Professor immer wieder eingebläut. Es geht dabei nicht um Verstehen im ersten Moment, es darf, ja soll sogar überfordern. Das beginnt bei Texten, deren Wörter zunächst unbekannt sind und endet in komplexen sozialen Interaktionen, in denen sich zum reinen intellektuellen Verständnis die gesamte Körperlichkeit, sämtliche Emotionen und Erinnerungen, jeder Sinneseindruck zu einem Gesamtzustand zusammenspitzt, welcher sich in Echtzeit aktualisiert. Das gesamte Spektrum an Überforderungen – dem muss man sich aussetzen. Hier muss der Sprung in die ungewisse Überforderung gewagt werden.

Zurück zur Stille: Was er darin sehen kann? Es ist wohl wie bei Ernst Jünger: *Wenn die Gedanken (...) abflachen, wird der Wunsch spürbar, der ihr Vater ist.*[53] Echte Wünsche konnte er sehen, eine Richtung, die mit Erfüllungen dieser geschwängert war. Banales, Menschliches darunter. Blendendes, Göttliches darunter. Er wird jemanden brauchen, der ihm lange zuhört, der sich weder vom Banalen langweilen noch vom Göttlichen überfordern lässt, sodass dieser jemand nicht im Angesicht des latenten Wahnsinns davonläuft. Aaron wird eine Art Mond brauchen, der im Millionen von Jahren fein austarierten Gleichgewicht zwischen Gravitation und Zentripetalkraft einen konstanten Bezugspunkt von der Erde aus darstellt, in gewisser Weise verlässlich und schon immer da war, jemanden, an dem er sich immer wieder ausrichten könnte.

Aaron ging vor die Tür und rauchte. Um sein Mädchen musste er sich kümmern, er müsse sich unbedingt um sein Mädchen kümmern, lachte er aus, als er sich an die letzten zehn Stunden seines jüngsten *Psychedelic Dives* erinnerte. Sogar eine Sprachmemo dessen fand er Wochen später auf seinem MP3-Player. Offenbar trank er dazu kalten Bananensaft, wohl das Einzige, was ihn aus der Dauerschleife des psychedelischen Auslaufens zumindest kurzzeitig herausgebracht hatte, denn mehr hatte er nicht festgehalten.

---

[53] Kein Mensch weiß wirklich den Fundort aller guten Sätze, die sich einbrennen. Diesen fanden wir jedoch auch in Jüngers *Annäherungen*, so viel ist sicher.

Irgendwie war sie, sein Mädchen, ihm geblieben. Sie war jedenfalls nicht davongelaufen wie alle anderen Menschen bis hierher. Gleichwohl war auch er nicht vor ihr davongelaufen, wenn auch er für seinen Teil von allen anderen davongelaufen oder besser, letztere irgendwie auf größere Distanz gehalten hat. Nur Gott allein weiß, wie oft sie ihrem Impuls entgegengewirkt hat, um nun hier zu sein.

Abbildung 19: M. Halder @ MidJourney, *Earth and moon are dancing rumba.*

Natürlich beruhte das auf Gegenseitigkeit. Aaron hatte jedenfalls über die Jahre beobachtet, dass dieses Spiel mit seinem Mädchen zunehmend gefährlicher wurde, stürzen doch Mond und Erde ineinander, wird entweder deren Abstand zueinander oder deren Umlaufgeschwindigkeit sukzessive geringer. Bisher war ihm gelungen, seine Geschwindigkeit, seinen Abstand immer wieder zu aktualisieren, um das Schlimmste zu verhindern, oder hatte sie das gemacht? Eine gute Technik war wohl immer wieder das Suchen der Weite. In regelmäßigen Abständen die Routinen durchbrechen, dachte er, war ein Baustein gewesen, gewissermaßen das Gemeinsame in seine basalen Bestandteile zerlegen, auf dass die beiden Individuen erneut das Ihrige erkennen, vielleicht sogar erst das Ihrige wieder werden können. Fast scheint es ihm, als würde der gemeinsame Geist, der Gruppengeist einen assimilierenden Angriff auf seine konstituierenden Elemente von langer Hand planen, als ob es einen eigentlichen Gruppenakteur gäbe. Auch um sich vor dieser vollständigen Assimilation zu schützen, ging Aaron immer wieder weg, mehr aus Intuition, denn aus bewusster Entscheidung das Richtige zu tun, später dann aus Gewohnheit, aus Programmierung. In der Ferne dann war ihm, so die Beobachtung, mehr und mehr zum Bewusstsein gekommen, dass der Ferntrieb stets üppige Früchte trug.

Nach einem bekannten Wort zur Liebe heißt es, sie würde auf leisen Sohlen daherkommen. Vor mehr als zwei Leben – will man der allsiebenjährlichen atomaren Erneuerung des Körpers Rechnung tragen – war das nun schon, in seinem Fall. Hier den *First Mover* zu greifen, scheint aussichtslos, reine Spielbälle mussten sie gewesen sein, vorbewusst in jedem Fall. Eine Vorstellung davon, dass im Dunstkreis dieses Begriffs kilometerweise Bücherregale gefüllt worden waren, gab es nicht, auch nicht davon, dass es womöglich gefährlich werden könnte. Allein im Sanskrit, der ältesten noch erhaltenen indoeuropäischen Sprache, gibt es mindestens sechs unterschiedliche Wortstämme oder dathus, die mit dem deutschen Liebe in Verbindung stehen, darunter kama für die lüsterne Liebe, sneha für die mütterliche Liebe oder priya für die Liebe zur auserwählten Herzdame. Die Gefahr tritt bereits hier auf sprachlicher Ebene als Wollknäuel in Erscheinung – die Anzahl der Fäden, aus denen es besteht, wird wohl für immer im Verborgenen bleiben.

Jedenfalls hatte er bei Jung gelesen, dass neben dem Schatten die beiden grundlegendsten Archetypen *Animus* und *Anima* heißen, ohne die ein Ganzwerden nicht denkbar sei. Womöglich hängt sogar das gefühlte Verlorensein auf direkteste Weise mit der weltlichen Erfüllung dieses Archetyps zusammen, wenn sich also die flüchtige Idee, der subtile Trieb der Seele hin zur Ganzwerdung im Hin und Her mit dem Lebenspartner materialisiert. Damit wäre dann die Ergänzung des *Animus* durch die *Anima* das Antidot gegen Einsamkeit schlechthin. Und es mag Gedanken geben, schnelle, kurz aufblitzende, in welchen diese Vervollkommnung durch das gänzlich Andere spürbar wird. Vielleicht hatte sich in jenen Nachwirkungen des DOMs die kosmische Kraft seines Gegenstücks, seiner *Anima* offenbart, dachte Aaron nun an die Aufnahme *post iter* zurück.

Das Spiel mit der *Anima* erscheint ihm im Rückblick als eine Art Konfrontationstherapie mit sich selbst, ist es doch sie, die ihm mehr als jeder andere Mensch einen Spiegel vorhält, an dessen Bild man sich abarbeiten muss, durch dessen Bild man von Mal zu Mal hindurchsehen, darüber hinwegsehen muss, um danach ein anderes Spiegelbild zu erhalten. Jede Situation wird damit zu einem kleinen Experiment, wobei der Input das dynamische Selbst und das Auslesegerät die materialisierte, dynamische *Anima* darstellt. Damit wird in gewisser Hinsicht in jedem gemeinsam erlebten Moment ein virtuelles, vernehmbares Trittbrett erzeugt, von dem aus ein Weiter möglich wird. Zuweilen kam es ihm so vor, als werfe er Rätsel in seinen Spiegel, um widersprüchlich zu sein, um unverständlich zu bleiben. Vielleicht wollte er sich auch genau dessen sicher sein, vielleicht wollte er schlicht unverständlich bleiben. Für sich, für sie. Selbst eine immer neue Antwort zu finden, auf das eigentlich Nicht-Zu-Verstehende, ist es auch, was Lebendigkeit erhält. Auf beiden Seiten, auf der des aufgegebenen Rätsels ebenso wie auf der der anknüpfenden Antwort, kann, soll, ja muss sich Lebendigkeit entfalten.

Aaron wusste nicht genau, was geschehen war. Er fühlte sich unheimlich aufgeräumt, sortiert, geordnet. Er bekam den Eindruck, wohl zum ersten Mal seit Jahren eine echte, tatsächliche Pause zu machen, tatsächlich innezuhalten. Jeder Drang, jeder Trieb, jedes Bedürfnis war verschwunden.

Er war klar. Er war hellwach. Er war vollständig. Er war stärker als je zuvor.